JEAN-PIERRE

LABAGUETTE Y EL NARCO

PRESIDENTE

Agradecimientos

A mis amigos Lorna, Carlos, Carmen, Paulo y Antoine, quienes me inspiraron con sus críticas y aportaciones. A Greyson, mi hijo; Aztryd, mi hija; y a mi esposa Diviana, un agradecimiento muy especial. También agradezco el valioso apoyo profesional de Sandra Jane. Y, por supuesto, a todos los políticos locos y estafadores que me inspiraron.

"¿Por qué cobramos impuestos a la gente honesta mientras los criminales no pagan ninguno?"

Obviamente, esta historia es ficción... La realidad, tristemente, es peor.

ÍNDICE

PROLOGO (1)

((1) Del libro Jean-Pierre Labaguette for US President)

Jean-Pierre Labaguette, célebre cocinero de Nueva York, construyó un imperio culinario junto a su mujer, Sylvie, y sus dos hijos gemelos. Su encanto y sus dotes culinarios no sólo conquistaron a sus clientes, sino también a los miembros del Partido Republicano. Seducidos por su carisma, le invitaron a unirse a sus filas y, a falta de candidatos adecuados para la presidencia, Jean-Pierre se vio propulsado al más alto cargo del país.

Nacido en Estados Unidos y criado en Francia, impulsado por la implacable ambición de Sylvie, Jean-Pierre consiguió la presidencia. Sin embargo, su mandato estuvo plagado de decisiones controvertidas, una creciente impopularidad y un escándalo sexual. Múltiples atentados contra su vida subrayaron el caos de su administración, y una desgracia política orquestada llevó al Congreso y a su propio partido a solicitar su destitución. Confinado en arresto domiciliario en la Casa Blanca, su mundo se desmoronó aún más.

Sylvie le traicionó, tuvo un escandaloso romance con el chico de la piscina y se hizo vegetariana, lo que supuso un cambio radical en el imperio cárnico que habían construido. Para empeorar las cosas , el chef haitiano de la Casa Blanca, Fete Nationale, otrora un leal aliado, se volvió contra Jean-Pierre, chantajeándolo y haciéndose con el control de sus queridos restaurantes.

Huyendo de la deshonra, Jean-Pierre escapó a Francia en barco, donde le esperaba un reencuentro inesperado. Su hermano gemelo, propietario de un clásico bistró francés, se había reinventado, administraba una tienda de kebabs y se había convertido al Islam.

A pesar de ser perseguido por la Interpol y de enfrentarse a un proceso judicial en Estados Unidos, Jean-Pierre luchó para limpiar su nombre y conseguir un indulto presidencial. Mientras se libraban sus batallas legales, volvió a sus raíces, abriendo un nuevo restaurante en Francia, una modesta empresa que reavivó su amor por la cocina y su creencia en las segundas oportunidades.

CAPÍTULO 1
VOLVER A EEUU

Jean-Pierre Labaguette siempre ha sido un hombre de tradición. Su restaurante, Chez Labaguette, situado en el corazón de Lyon, fue en su día un refugio para los gastrónomos que buscaban la esencia del arte culinario francés. Con su decoración rústica, sus recetas transmitidas de generación en generación y el aroma del pan recién horneado mezclado con ajo y tomillo, era todo lo que Jean-Pierre amaba de su tierra natal.

Las manos de Jean-Pierre Labaguette trabajaban la masa con precisión, doblándola y estirándola contra la fría encimera de mármol. La cocina de Chez Labaguette olía a mantequilla y harina recién molida, con ligeros matices de tomillo y ajo procedentes de la preparación del día. Sin embargo, a pesar de su reconfortante familiaridad, el acto resultaba mecánico.

Su mirada se desvió hacia la ventana. Fuera, las calles adoquinadas de Lyon estaban bañadas por la luz mortecina de una mañana gris de noviembre. Años atrás, se había sentido orgulloso de ver el bullicio de los comensales que acudían a su restaurante. Ahora, las calles estaban salpicadas de letreros chillones de cadenas de comida rápida, con su neón parpadeante burlándose del encanto de las antiguas *brasseries* a las que habían sustituido.

—¿En esto nos hemos convertido? —murmuró, sacudiendo la cabeza.

El regreso de Jean-Pierre a Francia fue agridulce desde el principio. Cuando Jean-Pierre Labaguette se marchó de Estados Unidos, no sólo dejó atrás un escándalo: abandonó un legado. Su nombre, antaño venerado en los círculos culinarios de élite de Nueva York, se convirtió en sinónimo de controversia. Había construido un imperio, transformando su pequeño bistró en una institución con estrellas Michelin frecuentada por políticos, famosos y la alta sociedad. Pero la misma ambición que había alimentado su ascenso también le había llevado a la ruina.

Acuerdos precipitados. Contratos sin firmar. Un imperio financiero que crecía más rápido de lo que él podía controlar. Las grietas se ensancharon hasta que ya no pudieron ser ignoradas. Las acusaciones se convirtieron en investigaciones federales. Los susurros se convirtieron en titulares. La gran ilusión se derrumbó.

Los juzgados habían sido su última etapa, un lugar donde su destino ya no estaba en sus manos. La expresión del juez era ilegible, pero Jean-Pierre sabía lo que le esperaba. Su abogado había expuesto la realidad: la cárcel era inevitable. Fue entonces cuando Jean-Pierre tomó la decisión más calculada de su vida. No se quedaría a ver arder su imperio. No esperaría al juicio final.

Desapareció al amparo de la oscuridad. Viajó de Washington a Cancún, luego por mar a Dunkerque y finalmente en tren a Lyon (Francia), con la esperanza de escapar de los escándalos y empezar de nuevo en una ciudad donde se veneraba la comida. Al principio, funcionó. Chez Labaguette, su restaurante, se hizo famoso por sus atrevidos sabores franceses y su cocina tradicional. Pero por muchos platos que perfeccionara, por muchos clientes satisfechos que cruzaran sus puertas, una verdad permanecía:

Jean-Pierre Labaguette nunca estuvo destinado a vivir en el exilio. Su mente seguía en América, donde le esperaba el verdadero poder.

Al principio, el exilio había sido una bendición. En Lyon, recuperó la sencillez de la cocina por amor al oficio. Chez Labaguette se convirtió en un santuario donde podía perderse en el ritmo de la cocina. Pero Francia había cambiado durante su ausencia, y Jean-Pierre pronto se encontró en desacuerdo con un mundo que parecía valorar más la comodidad que la calidad.

Las cadenas de comida rápida se multiplicaron como la mala hierba y sus menús procesados sustituyeron a los platos de temporada que Jean-Pierre apreciaba. Los comensales ya no se entretenían saboreando cada bocado, sino que comían deprisa, con la atención dividida entre el plato y el teléfono. Incluso en Chez Labaguette, la presión por adaptarse era implacable.

Jean-Pierre echa un vistazo a la carta pegada a la pared, la oferta original del día en que abrió Chez Labaguette. *Coq au vin, ratatouille, tarte Tatin*: una instantánea de una época en la que se veneraba la cocina francesa.

Ni siquiera su restaurante era inmune a los cambios. Las peticiones de platos sin gluten y veganos se convirtieron en habituales. Había eliminado la carne de cerdo de su *tarte flambée* para adaptarse a las nuevas preferencias religiosas, un cambio que sentía como una traición a todo lo que representaba.

—Esto no es cocinar —murmuró, golpeando la masa contra la encimera—. Esto es supervivencia.

No sólo había cambiado la comida. La Francia a la que Jean-Pierre había vuelto también le resultaba extraña en otros aspectos. Los impuestos sobre las pequeñas empresas como la suya eran aplastantes, un laberinto de burocracia que parecía diseñado para ahogar la vida de los empresarios. Cada mes, Jean-Pierre estudiaba minuciosamente formularios incomprensibles y veía cómo los euros que tanto le había costado ganar desaparecían en las arcas del gobierno.

—Es inútil —dijo una noche, mirando el comedor casi vacío.

A la mañana siguiente, el personal de Chez Labaguette estaba alborotado con la noticia de un movimiento audaz. Jean-Pierre había anunciado un nuevo menú: "*L'Âme de la France*", "El alma de Francia".

Los platos eran totalmente tradicionales, preparados con técnicas perfeccionadas durante décadas: *coq au vin, cassoulet, ratatouille* y su legendaria *tarte Tatin*. Cada plato era un recordatorio desafiante de lo que la cocina francesa podía, y debía, ser.

—Esto es lo que significa ser francés —declaró Jean-Pierre a sus clientes aquella noche, de pie en el centro del comedor. Su voz se escuchaba por encima del suave tintineo de los cubiertos—. Respetar las estaciones, saborear cada bocado y enorgullecerse de nuestro patrimonio culinario.

Algunos comensales aplaudieron; otros intercambiaron miradas escépticas. Al día siguiente, empezaron las reacciones. Las redes sociales bullían con opiniones divididas. Los partidarios lo aclamaban como guardián de la tradición, mientras que los detractores lo tachaban de reliquia anticuada.

Jean-Pierre leyó una crítica mordaz en el periódico local: "Labaguette se aferra a un pasado que ya no existe". Dobló el periódico con cuidado y lo dejó sobre la mesa.

«Quizá ya no exista aquí», se dijo. *«Pero en otros lugares… quizá sí»*.

El anuncio del indulto de Jean-Pierre causó conmoción en todo el mundo. La noticia saltó desde la Casa Blanca, donde el presidente Donald Trump, en una sorprendente maniobra política, firmó el indulto ejecutivo que borraba los problemas legales de Jean-Pierre.

Oficialmente, el indulto citaba como justificación "las contribuciones al paisaje culinario y cultural de Estados Unidos". Extraoficialmente, se especuló con que se trataba de un movimiento estratégico diseñado para ganarse el favor de la creciente base de francófilos, élites culinarias y aliados internacionales que habían abogado durante mucho tiempo por el regreso de Jean-Pierre.

Las reacciones fueron rápidas y divididas. Sus partidarios celebraron la decisión como un reconocimiento a su incomparable influencia en el mundo culinario. "Jean-Pierre Labaguette es más que un chef", declaró un prestigioso crítico gastronómico en un programa nocturno de entrevistas. "Es un símbolo de tradición, excelencia y resistencia, un hombre que representa el tipo de brillantez que Estados Unidos debería acoger, no exiliar".

Los críticos, sin embargo, consideraron el indulto un ejemplo más de favoritismo político, una medida que dejaba libre a un magnate caído en desgracia mientras otros se enfrentaban a todo el peso de la ley. Pero independientemente de la opinión pública, una cosa era cierta: Jean-Pierre Labaguette ya no era un exiliado. Era libre. "¿Qué clase de mensaje envía esto?", se preguntaba un tertuliano de una cadena de noticias 24 horas. "¿Que se puede huir de la justicia con tal de hacer un buen filete?".

Las redes sociales estallaron con hashtags como #JusticeForJean y #FoodNotFraud, suscitando acalorados debates en todos los rincones de Internet. Circularon memes contrastando el rostro de Jean-Pierre con titulares exagerados como "De fugitivo a foodie" y "Make America Taste Again".

Para Jean-Pierre, el indulto no fue ni una victoria ni un escándalo. Fue un salvavidas. Una segunda oportunidad.

Jean-Pierre recibió la noticia una tranquila mañana en Chez Labaguette. Estaba degustando una tanda de su *tarte Tatin* cuando la televisión emitió una noticia de última hora.

—Voy a conceder este indulto a uno de los mayores artistas culinarios de nuestro tiempo —retumbó en la pantalla la voz de Donald Trump. Las imágenes muestran a Trump de pie en un podio, flanqueado por sus ayudantes—. Jean-Pierre Labaguette es un genio. ¿Su filete a la pimienta? Increíble. ¿Su *tarte Tatin*? Te cambia la vida. América se merece lo mejor, y eso es lo que estamos trayendo de vuelta.

Jean-Pierre se quedó helado, con el tenedor a medio camino de la boca. Sus colaboradores dejaron de hacer lo que estaban haciendo, con los ojos pegados a la pantalla.

—Labaguette representa la excelencia —continuó Trump—. Y ya me conocen: solo quiero lo mejor. Se trata de tradición. Se trata de grandeza. Y es hora de traerla a casa.

Jean-Pierre deja el tenedor lentamente y su apetito se ve sustituido por un torbellino de emociones: confusión, incredulidad y un leve atisbo de esperanza.

Uno de sus camareros se inclinó más cerca, susurrando:

—Chef... ¿significa esto que puede volver?.

Jean-Pierre no contestó. Su mente se agitó mientras procesaba el peso del anuncio.

En los días siguientes, la reacción mundial fue rápida y polarizadora. Su restaurante de Lyon se convirtió en el epicentro de la atención mediática. Los periodistas se agolpaban a las puertas, desesperados por un comentario.

Jean-Pierre los evitó, retirándose al solaz de su cocina. Su personal, sin embargo, bullía de especulaciones.

—Chef —comenzó su *sous chef* con cautela durante un momento de silencio—, ¿estás... considerándolo? ¿Volver a América? Tengo entendido que su exmujer y sus hijos gemelos siguen viviendo en América.

Jean-Pierre removía una olla de bizcocho, con movimientos deliberados.

—No lo sé —admitió—. Volver significa enfrentarme a todo aquello de lo que hui. Significa abrir viejas heridas.

—Pero también significa empezar de cero —dijo el *sous chef*, con un tono esperanzador.

Jean-Pierre no respondió.

La carta llegó una semana después, entregada por un enviado de la embajada estadounidense elegantemente vestido.

Jean-Pierre abrió el sobre lentamente, con las manos temblorosas. La carta llevaba el sello presidencial y decía:

"Querido Jean-Pierre,

Su indulto es oficial. Bienvenido a la tierra de las oportunidades. Es hora de volver a encender tu legado y hacer juntos historia culinaria.

Atentamente,

Donald J. Trump"

Jean-Pierre releyó la carta dos veces, sus emociones eran una maraña conflictiva. El indulto era real, y con él llegaba la oportunidad de recuperar todo lo que había perdido. Pero también significaba regresar a una ciudad que le había visto caer en desgracia.

Unas noches más tarde, Jean-Pierre estaba sentado en el tranquilo comedor de Chez Labaguette, bebiendo una copa de Borgoña y mirando el menú enmarcado del día de la inauguración del restaurante.

—¿Qué les digo? —murmuró para sí—. ¿A mis hijos? ¿A Sylvie?

Marc, su viejo amigo y antiguo *maître*, entró y se sentó frente a él.

—Les dices la verdad —dijo Marc con sencillez.

Jean-Pierre soltó una risita amarga.

—¿Y qué es eso, exactamente? ¿Que hui porque tenía miedo? ¿Que les dejé para que lidiaran con las consecuencias?

Marc se encogió de hombros.

—O que estás listo para volver. Para reconstruirte. Para hacer lo que mejor sabes hacer.

Jean-Pierre, pensativo, agitó el vino de su copa.

—Haces que parezca tan sencillo.

—No es sencillo, amigo mío. Pero es necesario —dijo Marc, echándose hacia atrás, con una leve sonrisa en los labios.

UNAS SEMANAS MÁS TARDE EN EL AEROPUERTO JFK

—¡Jean-Pierre! —La voz atronadora de Donald Trump se abrió paso entre el caos de los fotógrafos. El expresidente se dirigió hacia él, flanqueado por miembros de seguridad—. ¡Bienvenido de nuevo a América!

Jean-Pierre forzó una sonrisa.

—Monsieur Trump, esta bienvenida es… abrumadora.

—¿Abrumador? Te va a encantar. Grandes planes, Jean-Pierre. Enormes planes. Vamos a reabrir su restaurante, Chez Labaguette, aquí en Manhattan.

Jean-Pierre frunce el ceño.

—¿Chez Labaguette? ¿En Manhattan?.

—¡Exactamente! El mismo nombre, la misma tradición, pero con ese toque americano. Es lo que quiere la gente —dijo Trump, guiándole hacia una limusina que le esperaba.

—¿Estilo americano? —murmuró Jean-Pierre mientras subía.

—Confía en mí. Ya no serás un aprendiz —dijo Trump, sonriendo.

Dos semanas después, Chez Labaguette reabrió sus puertas en el corazón del Upper West Side de Manhattan. La fachada del restaurante conservaba su encanto rústico, con contraventanas de madera y un letrero pintado que rezaba *Chez Labaguette-A Taste of France*.

Dentro, Jean-Pierre se movía por la cocina como un director de orquesta. Probaba salsas, ajustaba condimentos y ladraba órdenes en una mezcla de francés y español.

—¿Dónde está la *beurre blanc*? —preguntó agitando un cucharón.

Un joven chef se apresuró con una sartén.

—¡Aquí, chef!

—Demasiado ligero —espetó Jean-Pierre, probándolo—.Añade más mantequilla. Esto no es sopa.

El comedor estaba repleto de clientes, muchos de ellos invitados de alto nivel por Trump. Un camarero se acercó nervioso a Jean-Pierre.

—Chef, al señor Trump le gustaría verle en su mesa —dijo.

—Claro que sí —suspiró Jean-Pierre.

En un rincón, Trump se sentó con un grupo de invitados, gesticulando con entusiasmo mientras los entretenía con historias.

—¡Jean-Pierre! Aquí estás —dijo Trump cuando el chef se acercó—. Damas y caballeros, el genio detrás de la comida de esta noche.

Jean-Pierre hace una ligera reverencia.

—Espero que todo sea de su agrado.

—¿De nuestro agrado? Este es el mejor filete *au poivre* que he comido nunca —declaró Trump.

Una mujer de la mesa intervino.

—Chef, su *tarte Tatin* es extraordinaria. Es como saborear el mismísimo París.

Jean-Pierre sonrió, su primera sonrisa genuina de la noche.

—Merci. Es bueno ver que la gente aprecia la tradición.

Cuando recogieron la última mesa y la cocina quedó impecable, Jean-Pierre salió al aire fresco de la noche. Se apoyó en el edificio y contempló las luces de la ciudad.

El sonido de unos pasos le sacó de sus pensamientos. Un adolescente estaba a unos metros, con las manos metidas en los bolsillos.

—¿Patrick? —dijo Jean-Pierre, su voz apenas por encima de un susurro.

—Hola, papá —asintió el niño.

A Jean-Pierre se le aceleró el corazón al acercarse.

—¿Cuánto tiempo llevas aquí?

—Un rato —respondió Patrick—. Quería ver si realmente volverías.

Jean-Pierre extendió la mano y la puso sobre el hombro de su hijo.

—Lo he hecho. Esta vez para siempre.

El rostro del chico se suavizó, pero antes de que pudiera responder, otra voz lo llamó desde las sombras.

—Patrick, no lo abraces solo para ti.

Jean-Pierre se volvió y vio a Jacqueline, su hija, que caminaba hacia ellos con una amplia sonrisa.

—Jacqueline —dijo, con la voz entrecortada mientras ella le rodeaba con sus brazos.

—Tienes muy mal aspecto —se burló ella, apartándose para estudiar su rostro.

—Y tú estás preciosa —respondió, con los ojos empañados.

De detrás de ellos surgió una tercera figura.

—¿Vamos a quedarnos en la calle toda la noche? —dijo Sylvie, cruzándose de brazos.

—Sylvie… —Jean-Pierre se quedó helado.

Se acercó a él lentamente, con una expresión ilegible.

—Tienes mucho que explicar.

—Lo sé —dijo en voz baja—. Tienes mucho que explicar también.

Sylvie echó un vistazo al restaurante que había detrás de él y luego volvió a mirar a su familia.

—Pero por ahora, entremos. Huele a casa.

CAPÍTULO 2
EL VIAJE AL CARIBE

Tras el torbellino que supuso la reapertura de Chez Labaguette y el reencuentro con su familia, Jean-Pierre sabía que había llegado el momento de hacer algo diferente. Su familia había pasado por muchas cosas y, a pesar de su nueva cercanía, sentía la necesidad de cambiar de ritmo, de alejarse del restaurante, de la ciudad y de las sombras de su pasado.

—Es hora de disfrutar de la vida —declaró Jean-Pierre una tarde en la cocina. Puso sobre la mesa una pila de folletos de viajes, cuyas brillantes portadas mostraban destinos exóticos: desiertos dorados, montañas nevadas y playas iluminadas por el sol.

Patrick fue el primero en coger un folleto.

—¿Un safari en África? Necesitaríamos mosquiteras y sombreros. Paso.

Jacqueline hojeó uno que mostraba la región vinícola de Argentina.

—Esto tiene buena pinta. Viñedos, colinas y comida. Ah, y bailan tango —Giró dramáticamente, casi derribando un vaso de agua.

Jean-Pierre sonrió.

—¿Un poco menos de coreografía, nunca podré bailar tango?

Sylvie tomó un folleto sobre el Caribe. La portada mostraba un velero deslizándose por aguas turquesas con una playa de arena blanca al fondo.

—¿Qué les parece esto? Una semana en el mar, sol, playa y mariscos. Jean, te encantaría.

Jean-Pierre estudió la imagen.

—¿Navegando? Sí. Sólo si otro hace el trabajo.

—Aquí dice que el barco viene con un capitán, dos cabinas privadas y una cocina totalmente equipada —respondió Jacqueline, sonriendo.

Patrick se encogió de hombros.

—Me parece bien. Pero nada de sermones sobre salsas de mantequilla, papá.

Jean-Pierre levantó las manos en señal de rendición.

—Entonces está decidido. El Caribe será.

ATERRIZANDO EN EL PARAÍSO

Los Labaguette aterrizaron en San Martín dos semanas después. El aire húmedo les envolvió como un cálido abrazo al pisar la pista.

Jean-Pierre se ajustó el sombrero y entrecerró los ojos para contemplar el paisaje tropical.

—Esto es… diferente —murmuró, secándose una gota de sudor de la frente.

—Es precioso —dice Sylvie, con una voz más suave de lo habitual y la mirada fija en la exuberante vegetación y el mar turquesa que brilla en la distancia.

Jacqueline sacó su teléfono, sosteniéndolo en alto para capturar la toma perfecta.

—Esta iluminación lo es todo. Voy a etiquetar esto como "Objetivos de la Isla".

El viaje en coche hasta Anse Marcel Marina fue igual de pintoresco. Carreteras estrechas serpenteaban entre colinas esmeralda, dejando entrever coloridas villas encaramadas en lo alto de la costa. Cada curva revelaba unas vistas impresionantes: bahías de aguas cristalinas, pequeños mercados al borde de la carretera y campos de flores silvestres mecidos por la brisa.

Jean-Pierre se quedó mirando por la ventana, momentáneamente cautivado.

—Es encantador. —admitió, aunque su ceño se frunció al añadir—: ¿Pero dónde están las panaderías?.

—Papá, no todo es cuestión de pan —contestó Jacqueline, poniendo los ojos en blanco..

Cuando llegaron al puerto deportivo, les esperaba su velero: "The Privilege". Su elegante diseño y su cubierta de teca pulida brillaban a la luz del sol, exudando sofisticación.

Junto al barco estaba su capitán, Larry.

Sylvie se quedó sin aliento en cuanto lo vio. Era alto y ancho de hombros, con una piel bronceada que brillaba bajo el sol caribeño. Su camisa blanca de lino estaba desabrochada en el cuello, dejando entrever un pecho musculoso, y sus pantalones cortos revelaban unas piernas fuertes y atléticas. Llevaba el pelo oscuro alborotado, lo suficiente para sugerir que era un hombre que se pasaba la vida al aire libre, pero lo que más le llamó la atención fue su sonrisa natural y segura, el tipo de sonrisa que te hace querer quedarte con él, confiar en él sin dudarlo.

—¡Bienvenidos a bordo! —gritó Larry, su voz profunda y aterciopelada cortaba el aire caliente como una melodía.

Jean-Pierre se acercó primero, su postura rígida con su característica reserva.

—Jean-Pierre Labaguette. Mi familia y yo esperamos esta… aventura.

Larry extendió una mano y le dio firme y seguro.

—Encantado de conocerle, Chef. He oído hablar mucho de usted.

—Seguro que sí —Jean-Pierre enarcó una ceja.

Pero Sylvie apenas registró el intercambio. Tenía los ojos fijos en Larry, como atraída por una fuerza magnética. La forma en que se erguía, imponente y accesible a la vez, le hizo revolotear el estómago.

Cuando Larry volvió su atención hacia ella, su mirada se cruzó con la suya con una chispa que la hizo sentir un sutil calor. Sonrió y sus labios se entreabrieron ligeramente, como si las palabras se le hubieran escapado momentáneamente.

—Soy Sylvie —dijo, con la voz más baja, más suave de lo que pretendía—. Y estos son nuestros gemelos, Jacqueline y Patrick.

Larry le sostuvo la mirada un segundo más de lo necesario, su propia sonrisa se ensanchó mientras señalaba hacia el barco.

—Vamos a instalarnos. Esta semana va a ser inolvidable.

Mientras Larry se adelantaba hacia el velero, Sylvie se acomodó el pelo, con las mejillas ligeramente sonrojadas. Su mirada se detuvo en la ancha espalda de Larry, en la forma en que sus movimientos parecían pausados pero sin esfuerzo.

Jacqueline le dio un codazo a su madre con una sonrisa cómplice.

—¿Disfrutando de la vista, mamá?

—Es… todo un barco. —Sylvie se aclaró la garganta, desviando la mirada rápidamente.

Jacqueline se rio, claramente poco convencida.

Jean-Pierre, totalmente ajeno a la situación, estudió la reluciente cubierta del velero cuando subieron a bordo. Pero a Sylvie se le iba la cabeza, atraída por la calidez de la sonrisa de Larry y la tranquila confianza que transmitía su presencia.

DÍAS DE SOL Y MAR

La primera mañana a bordo de "The Privilege" fue mágica. La familia se despertó con el suave balanceo del barco y el sonido de las olas rompiendo contra el casco. Patrick y Jacqueline fueron los primeros en subir a cubierta, maravillados por la infinita extensión de agua turquesa que se extendía hasta el horizonte.

—¿Podemos bucear hoy? —preguntó Jacqueline, apenas conteniendo su entusiasmo.

—Creole Rock es perfecto para eso —respondió Larry mientras ajustaba las velas—. Es un arrecife de coral repleto de peces. Te encantará.

Jean-Pierre observó la soltura de Larry al timón con una mezcla de admiración y recelo.

—Parece que conoces bien estas aguas.

—Llevo más de una década navegando en ellas. Son como un patio de recreo mojado —sonrió Larry.

La excursión de snorkel no decepcionó. Patrick y Jacqueline se zambulleron en el agua cristalina, con el eco de sus risas mientras exploraban el vibrante arrecife de coral. Sylvie se quedó en cubierta, tomando una bebida fría y mirando de vez en cuando a Larry mientras trabajaba.

Jean-Pierre pasó la tarde pescando con Larry. A su pesar, quedó impresionado por la destreza del capitán y su conocimiento del mar.

—No está mal —dijo Larry mientras Jean-Pierre arponaba un pargo con pericia.

—La precisión es clave tanto en la cocina como en la pesca —respondió Jean-Pierre, sonriendo.

Esa noche, asaron la pesca en la playa, con el aroma de la mantequilla y el ajo flotando en el aire. Jean-Pierre no pudo evitar tomar las riendas, dando instrucciones a todos sobre cómo preparar las guarniciones.

—Esto —dijo, sosteniendo una cola de langosta perfectamente asada—, es por lo que importan los ingredientes frescos.

—Eres apasionado, chef. Respeto eso —dijo Larry, riéndose entre dientes.

Jean-Pierre asintió pero no dijo nada, prefiriendo concentrarse en la comida.

PASEANDO POR LA SERENIDAD

Una noche, la familia se aventuró en una playa solitaria después de cenar. El sol poniente bañaba el cielo en tonos anaranjados y dorados, proyectando largas sombras sobre la arena inmaculada.

—Este lugar es mágico —dijo Sylvie, caminando descalza junto a Jean-Pierre.

—Es ciertamente… pacífico —admitió, aunque su tono llevaba una pizca de reticencia.

—Míralos. Parecen langostas andantes —dijo Jacqueline señalando a un grupo de turistas que se acercaban al agua con las quemaduras del sol de un rojo vivo.

Jacqueline estalló en carcajadas, e incluso Jean-Pierre se permitió una rara risita.

Larry, que se había unido a ellos, sonrió satisfecho.

—¿Le gusta la tranquilidad, chef?

—Así es. Es un cambio bienvenido —dijo Jean-Pierre, asintiendo.

Larry señaló a los turistas.

—Hasta que aparecen —dijo Larry señalando a los turistas.

El grupo se rio y la tensión entre Larry y Jean-Pierre disminuyó, al menos por el momento.

UNA NOCHE BAJO LAS ESTRELLAS

La última noche a bordo del "The Privilege" fue inolvidable. Jean-Pierre, decidido a hacerla especial, preparó una espléndida cena con pescado recién capturado, ensaladas de frutas tropicales y el postre favorito de Sylvie: un ligero soufflé de coco.

Mientras cenaban en cubierta, el cielo se transformó en un lienzo de estrellas. El sonido de las olas golpeando suavemente el barco sirvió de relajante telón de fondo a su conversación.

—Por la familia —dijo Jean-Pierre levantando su copa.

—Por un nuevo comienzo —añadió Sylvie, con la voz teñida de emoción.

De repente, los fuegos artificiales de una celebración cercana iluminaron el horizonte y sus vibrantes colores se reflejaron en el agua.

Patrick y Jacqueline se exaltan, con los rostros iluminados por los estallidos de luz.

Para Jean-Pierre, fue un momento de claridad. Este viaje había sido algo más que unas vacaciones. Fue un recordatorio de las alegrías sencillas de la vida, del poder de la conexión y de la importancia de alejarse de lo familiar para redescubrirse a uno mismo.

CAPÍTULO 3
EL REGALO DE NAVIDAD

El cielo nocturno del Caribe ardía en fuegos artificiales, cuyas explosiones doradas y carmesíes se esparcían por el firmamento como flores celestiales. El suave balanceo del "The Privilege" contribuía a la magia surrealista de la noche, con su cubierta pulida brillando bajo las luces parpadeantes.

Jean-Pierre estaba de pie en la proa; su ceño habitualmente fruncido se suavizó al mirar hacia arriba. La vibrante exhibición se reflejaba en sus ojos, un raro momento de tranquilidad le inundaba.

—¡Mira esa! —gritó Patrick, señalando mientras una cascada de chispas doradas estallaba en forma de estrella antes de desvanecerse en la nada.

—*Magnifique* —murmuró Sylvie, con voz apenas audible por encima de los estruendos lejanos. Su mirada se detuvo en el horizonte, donde los últimos matices del atardecer se habían rendido a los azules profundos del crepúsculo.

Jacqueline, encaramada a la barandilla, tenía su teléfono en alto, captando la escena.

—Esto es mucho mejor que Times Square —declaró, con un entusiasmo contagioso.

Jean-Pierre se rio y se giró ligeramente.

—Eso es porque no estás hacinada con un millón de personas como sardinas, querida.

La familia estalla en carcajadas y su alegría aumenta con el crescendo de los fuegos artificiales. El cálido aire caribeño transportaba el aroma de la sal y el hibisco, envolviéndolos como un abrazo. Era un momento perfecto, de esos que Jean-Pierre desearía que durasen para siempre.

Pero el universo tenía otros planes.

Un nuevo sonido comenzó a introducirse en la noche, tenue al principio pero cada vez más fuerte. No era el crepitar de los fuegos artificiales ni el rítmico golpeteo de las olas contra el casco. Era algo antinatural, mecánico: un sonido profundo y retumbante.

La satisfacción de Jean-Pierre se desvaneció cuando frunció el ceño y se tapó los ojos, escudriñando el cielo oscurecido.

—¿Qué es eso? —preguntó, con voz entrecortada por la excitación de la familia.

Sylvie se enderezó y frunció las cejas.

—Suena como... ¿un motor?.

El ruido se acercaba, un rugido gutural que hacía vibrar la cubierta bajo sus pies. Patrick y Jacqueline intercambiaron miradas de inquietud.

Larry salió de la cabina con expresión cautelosa.

—Está volando demasiado bajo —murmuró, con la mirada fija en una débil luz parpadeante en la distancia.

Cuando el ruido se intensificó, apareció un pequeño avión, cuya silueta apenas se distinguía en el cielo nocturno. Rodeó la zona una vez, con movimientos erráticos, antes de virar bruscamente. Las luces de la avioneta parpadearon con inquietante regularidad a medida que descendía, volando a una altura que inquietó incluso a Larry.

—¿Qué está haciendo? —preguntó Jacqueline, agarrándose a la barandilla.

—Algo que no debería hacer —La mandíbula de Larry se tensó.

El avión descendió aún más y su motor empezó a rugir de forma ensordecedora. Entonces, sin previo aviso, grandes objetos oscuros cayeron en paracaídas desde la bodega de carga, precipitándose al agua con fuertes salpicaduras.

—¿Están… dejando suministros? —preguntó Patrick, con su voz teñida de duda.

—No del tipo que piensas —murmuró Larry en voz baja.

La familia observó atónita cómo el avión volvía a dar vueltas y arrojaba más bolsas al mar. Las salpicaduras resonaban siniestramente en la tranquila noche y las ondas se propagaban como pequeñas ondas de choque.

Entonces, como si el destino hubiera decidido agravar la situación, una de las bolsas se desvió de su trayectoria. Saltó por los aires, giró como una loca y se estrelló contra la cubierta del "The Privilege" con un estruendo ruidoso.

Sylvie gritó, tropezando hacia atrás con la pesada bolsa a pocos metros de donde había estado de pie. Jean-Pierre la agarró instintivamente y la sostuvo con la mano mientras la respiración de Sylvie se aceleraba.

Larry se movió con rapidez y determinación.

—¡Atrás! —ladró, su tono no dejaba lugar a discusiones.

La cubierta del "The Privilege" pareció contener la respiración cuando Larry se agachó sobre la misteriosa bolsa y su paracaídas. Sus dedos trabajaron con rapidez, desabrochando las correas con una eficacia práctica que denotaba familiaridad con tales situaciones.

—¿Qué pasa? —preguntó Jean-Pierre, dando un paso adelante a pesar de la advertencia de Larry.

—Jean, deja que se encargue él —dijo Sylvie, con voz temblorosa.

Pero a Jean-Pierre le ganó la curiosidad. Se acercó con cautela y entrecerró los ojos cuando Larry abrió la bolsa.

El capitán se quedó inmóvil un momento, con las manos sobre el contenido. Lentamente, sacó un paquete bien envuelto. La tenue luz se reflejó en el plástico que lo cubría, sellado con una gruesa cinta adhesiva industrial.

La expresión de Larry se ensombreció y sus hombros se tensaron.

—Es cocaína —dijo sombríamente, con la voz apenas por encima de un susurro.

Las palabras impactaron a la familia como un golpe físico. Jacqueline jadeó, se llevó la mano a la boca y se tambaleó hacia atrás. Los ojos de Patrick se clavaron en el paquete y la incredulidad se dibujó en su rostro.

Sylvie se agarró a la barandilla, con los nudillos blancos.

—¿Cocaína? —repitió, como si decirlo en voz alta fuera a hacerlo menos real.

Larry asintió y volvió a meter el paquete en la bolsa.

—Mucha —añadió, con un tono llano pero cargado de significado.

Jean-Pierre dio un paso atrás, con la mente acelerada. Este no era el tipo de drama que había imaginado cuando se embarcaron en su escapada caribeña.

El zumbido de los motores se hizo más fuerte, cortando el silencio como una cuchilla. El corazón de Jean-Pierre latía al ritmo del sonido cuando la lancha salió de la oscuridad. Su elegante casco negro brillaba bajo la tenue luz de la luna y sus faros iluminaban con una intensidad que parecía deliberada, como los ojos de un depredador que se fijan en su presa.

—Vienen por él —advirtió Larry en voz baja y urgente. Sus ojos se desviaron hacia el horizonte y se entrecerraron ante la débil silueta de una lancha que se acercaba a toda velocidad. Se volvió bruscamente hacia Jean-Pierre.

—Toma la bolsa. Escóndela en la cocina. Ahora mismo.

Jean-Pierre se quedó inmóvil, con el peso del momento presionándole. Su mente se llenó de preguntas. ¿Quiénes son? ¿Cómo nos han encontrado? Pero el tono de Larry no admitía discusión.

—¡Vamos! —ladró Larry, sacando a Jean-Pierre de su aturdimiento.

Al coger la bolsa, Jean-Pierre se sorprendió de su peso. Era más pesada de lo que pensaba, y su contenido le oprimía el pecho. Con la adrenalina corriendo por sus venas, se metió bajo cubierta, casi tropezando con las estrechas escaleras.

La cocina era estrecha y estaba poco iluminada, con un ligero olor a agua salada y pan rancio en el aire. Jean- Pierre abrió de un tirón un compartimento cerca del fregadero, tanteando con los dedos el pestillo.

—Vamos —murmuró en voz baja, con el pulso retumbándole en los oídos.

La puerta se abrió con un chirrido y metió la bolsa dentro, encajándola entre una vieja tetera y una pila de latas. Cerró la puerta de golpe, asegurando el pestillo con manos temblorosas. Por un momento se quedó allí, mirando el compartimento cerrado, con la respiración entrecortada.

La enormidad de lo que acababa de hacer le golpeó como un maremoto. No sólo era cómplice, sino que ocultaba pruebas que podían costarle la libertad o algo peor.

—¡Vuelve aquí! —La voz de Larry, aguda y dominante, resonó por las escaleras.

Jean-Pierre se secó las palmas de las manos en los pantalones, tomó aire y volvió a subir a cubierta.

Sobre cubierta, la silueta de Larry era un muro de defensa contra la amenaza invasora. La lancha se detuvo bruscamente junto al "The Privilege", con el motor al ralentí, amenazador.

Un hombre latino con acento colombiano, de pie junto a la proa, irradiaba autoridad. Su camisa blanca a medida, desabrochada lo justo para dejar ver una brillante cadena de oro, parecía fuera de lugar en alta mar. Sin embargo, sus ojos, penetrantes e implacables, dejaban claro que no se podía jugar con él.

—¡Oye! —ladró, su voz se propagó fácilmente por el agua—. ¿Recogiste una bolsa? Me pertenece.

Larry dio un paso hacia delante, bloqueando con su cuerpo la visión que el hombre tenía de la familia. Su postura era firme y su tono tranquilo.

—No hemos visto nada —dijo, con palabras entrecortadas y deliberadas.

Los labios del hombre se curvaron en una mueca, sus ojos oscuros se entrecerraron mientras observaba la cubierta.

—No me mientas, amigo —dijo, con un acento marcado y una amenaza en cada sílaba—. Mis hombres lo vieron caer sobre tu barco.

Sylvie, aferrada a Patrick, se inclinó hacia su hijo.

—¿Quién es? —susurró, con voz apenas audible.

—¿No me conoces? Me llamo Pedro Muskcobar, de Antioquia, Colombia —dijo Pedro, curvando los labios en una sonrisa sin gracia. Se señaló a sí mismo con un gesto exagerado—. Yo soy Muskcobar. Seguro que has oído hablar de mí.

El nombre cayó como una piedra en la boca del estómago de Jean-Pierre.

Pedro se rio, con un sonido áspero y entrecortado.

—¿No? Entonces o eres muy estúpido o muy afortunado, niño —Se volvió hacia su tripulación, que ya estaba inclinada sobre la borda de la lancha, utilizando pértigas y redes para sacar del agua los paquetes que quedaban.

La sonrisa de Pedro desapareció.

—Hablas como si tuvieras elección. Estas bolsas —dijo Pedro, con voz cada vez más fría—, valen más que toda tu vida —Dio un paso adelante y la cubierta crujió bajo su peso—. Te sugiero que no finjas ignorancia cuando trates conmigo.

Larry permaneció imperturbable, con la mano cerca de la funda de su revólver.

—Esto es propiedad privada —dijo, con voz baja pero firme—. Lo que estén haciendo aquí no es asunto nuestro. Tomen sus bolsas y váyanse.

—Patrón, tenemos a la mayoría —gritó uno de los hombres.

Pedro no se giró. Sus ojos permanecían fijos en Larry, examinándolo como un depredador evalúa a su presa.

—La mayoría —repitió, con la palabra impregnada de insatisfacción.

Se acercó a la barandilla del "The Privilege", con movimientos deliberados.

—Si falta una bolsa —dijo, con tono gélido—, la encontraré.

—No lo encontrarás aquí —dijo Larry, sin inmutarse.

—Eso ya lo veremos —dijo Pedro, levantando una ceja, con expresión divertida y amenazadora a la vez.

Jacqueline, que estaba cerca de su padre, le susurró:

—¿Qué hacemos si suben a bordo?.

—No lo harán. Larry no les dejará —respondió Jean-Pierre con voz firme, aunque le temblaban las manos.

Desde detrás de Larry, Jean-Pierre rezaba en silencio para que así fuera.

Pedro volvió su atención a Larry, con una expresión de fingida cortesía.

—Eres valiente, gringo. O tonto. Ambas cosas suelen acabar igual cuando me traicionan.

Larry le miró fijamente, con un tono inflexible.

—No vas a cruzar a este barco. Coge a tus hombres y tus maletas y vete.

Pedro lo estudió un momento y luego se rio por lo bajo.

—¿Crees que puedes asustarme? He construido mi imperio sobre el miedo, amigo. El miedo es mi moneda.

Pedro hizo un gesto brusco y tres hombres de la lancha entraron en acción. Se movían con precisión, con sus rifles colgados del hombro, pero listos para ser utilizados en cualquier momento.

—Vayan y revisen —ordenó Pedro, con voz gélida.

Los hombres empezaron a subir a bordo del "The Privilege", con sus botas golpeando ominosamente contra la cubierta.

Patrick le dice a Larry mirando a los matones:

—Nos dijiste que nada de zapatos en cubierta.

—¡Quédate donde estás! —La voz de Larry sonó aguda y autoritaria. Con un movimiento rápido, sacó una pistola de su cintura y apuntó directamente a los hombres que avanzaban.

Los narcos se congelaron, sus ojos parpadeaban entre Larry y Pedro, esperando la señal de su líder.

La expresión de Pedro se ensombreció.

—Te superan en número, gringo —se burló—. Retírate y tomaremos lo que es nuestro. Nadie tiene que salir herido.

—Esto es propiedad privada —repitió Larry, con un tono inflexible. Su agarre de la pistola era firme, su dedo descansaba justo al lado del gatillo—. No vas a poner un pie en mi barco.

La tensión era sofocante. La familia, apiñada cerca de la cabina, observaba con ojos muy abiertos y temerosos. El aire estaba cargado con la promesa tácita de violencia, y cada respiración era un riesgo calculado.

Justo cuando la situación parecía a punto de estallar, otro sonido atravesó la noche. El zumbido profundo y potente de un motor más grande se acercaba, acompañado de los haces de luz de los reflectores.

—¡Patrón! ¡La guardia costera! —dijo uno de los hombres que querían subir al barco.

Pedro giró la cabeza hacia la fuente del ruido y apretó la mandíbula. Su expresión pasó de la confianza a la furia cuando vio la inconfundible silueta de una patrullera de la guardia costera.

—Patrón, la guardia costera —repitió uno de sus hombres.

Pedro maldijo entre dientes y volvió a mirar a Larry.

—Esta noche has tenido suerte —le espetó—. Pero esto no ha terminado. Esas bolsas me pertenecen y las recuperaré.

Levantó una mano, indicando a sus hombres que se retiraran. Se apresuraron a saltar de nuevo a la lancha. La embarcación rugió y sus potentes motores lanzaron un chorro de agua al aire mientras se alejaba a toda velocidad en la oscuridad.

La familia permaneció inmóvil, con la respiración entrecortada, mientras el sonido de la lancha se desvanecía. Larry bajó el arma pero no la enfundó, sus ojos recorrían el horizonte en busca de cualquier señal de que la amenaza regresara.

Sylvie fue la primera en romper el silencio.

—¿Qué... qué acaba de pasar?

Larry negó con la cabeza, con la voz apenas por encima de un susurro.

—Era Pedro Muskcobar.

Jean-Pierre salió cautelosamente por detrás, con el rostro pálido.

—¿Se han ido?

—Por ahora —respondió Larry, con tono sombrío. Miró hacia la patrullera que se acercaba, cuyas luces iluminaban ahora por completo al "The Privilege"—. Pero esto no ha terminado.

La lancha desapareció en la oscuridad, sus motores se apagaron en un leve zumbido que pronto fue engullido por la inmensidad del mar. A su paso, las aguas se agitaban espumosas, única señal del caos que acababa de desatarse.

Instantes después, el buque guardacostas se detuvo junto al "The Privilege" y su imponente estructura eclipsó al velero. Los focos barrieron la cubierta, haciendo que los Labaguettes entrecerraran los ojos contra el brillo. El penetrante olor metálico del combustible se mezcló con el aire salado mientras los oficiales armados se colocaban a lo largo de la barandilla de la patrullera, con sus armas brillando bajo las luces.

Un oficial de proa, vestido con chaleco antibalas y casco, se inclinó hacia delante con la ametralladora colgada del pecho. Su voz, aguda y dominante, se elevaba por encima del suave batir de las olas:

—¿Adónde han ido?

Patrick, con el corazón latiéndole con fuerza, dio un paso adelante a pesar del terror que le anudaba el estómago. Señaló temblorosamente hacia la lancha que huía, con la voz más firme de lo que sentía.

—Por ahí —dijo.

El oficial asintió bruscamente y se volvió hacia su tripulación, indicándoles que avanzaran. Los motores de la patrullera rugieron de nuevo, lanzando chorros de agua a su paso mientras se adentraba en la noche.

Jean-Pierre exhaló un suspiro que no se había dado cuenta de que había estado conteniendo.

—Se han ido —murmuró, con voz apenas audible.

—Por ahora —respondió Larry, con los ojos entrecerrados mientras observaba cómo la patrullera desaparecía en la distancia.

UNA PESADA CARGA

Bajo cubierta, el ambiente estaba cargado de tensión. La cocina, antaño un refugio de risas y comidas compartidas, resultaba ahora opresiva. La bolsa estaba sentada en el centro de la mesa, una presencia oscura e inflexible que parecía dominar la estancia.

Jean-Pierre se paseaba por el pequeño espacio, pasándose las manos por el pelo. Su serenidad habitual estaba alterada y su mente bullía de posibilidades y peligros.

—¿Qué hacemos ahora? —preguntó con la voz tensa.

Larry se apoyó en la pared con los brazos cruzados. Tenía la cara desencajada y la chispa habitual en sus ojos había sido sustituida por una determinación sombría.

—No podemos quedárnoslo —dijo—. Pero tampoco podemos dejarlo aquí. Si Pedro Muskcobar descubre que tenemos su cocaína…

Sylvie, sentada en un rincón de la mesa, se abrazó con fuerza.

—Tenemos que avisar a las autoridades —dijo, con voz temblorosa—. Esto no es algo que podamos manejar solos.

—Todavía no. —dijo Larry, negando con la cabeza—. Los guardacostas están persiguiendo a los narcos ahora, pero si vuelven y encuentran esto, tendremos problemas. Asumirán que estamos involucrados.

Jacqueline, sentada junto a su madre, miró a Larry con los ojos muy abiertos.

—Pero no somos delincuentes. Nos creerían, ¿no?

La mirada de Larry se suavizó ligeramente al mirarla.

—Tal vez. Pero no conviene confiar en un "tal vez" cuando se trata de situaciones como esta.

Patrick rompió el silencio y se volvió hacia su padre.

—¿Qué piensas, papá? —preguntó, con voz tranquila pero insistente.

Jean-Pierre dejó de caminar y miró a su hijo, con una expresión de frustración e impotencia. Durante años, su vida y su carrera se habían basado en la precisión, el control y la previsibilidad. Ahora estaba a la deriva en una situación que no podía prever.

—Creo —empezó lentamente, eligiendo cuidadosamente sus palabras—, que debemos ser muy cuidadosos. Esto no es un regalo de Navidad cualquiera.

Jacqueline se mordió el labio y miró la bolsa.

—Es más bien una maldición —murmuró.

Sylvie extendió la mano y se la puso a Jean-Pierre en el brazo.

—No podemos fingir que esto no ha pasado. Si Pedro vuelve…

—No volverá —interrumpió Larry, con tono firme—. Al menos no esta noche. Está asustado, y los guardacostas están por toda la zona. Pero eso no significa que estemos a salvo.

—Entonces, ¿qué hacemos? —preguntó Jean-Pierre, suspirando y frotándose las sienes—. No podemos quedarnos con este… veneno. Pero tampoco podemos tirarlo por la borda y esperar que desaparezca.

Patrick frunció el ceño, su mirada se desplazó entre su padre y Larry.

—¿Y si lo entregamos de forma anónima? ¿Lo dejamos en algún sitio para que lo encuentren las autoridades?.

—Demasiado arriesgado. Podría rastrearnos —dijo Larry, negando con la cabeza.

La habitación volvió a quedar en silencio, con el peso de su situación presionándoles.

Finalmente, Jean-Pierre se enderezó, con expresión resuelta.

—Por ahora, lo mantendremos oculto. Mañana pensaremos en el siguiente paso. Pero hagamos lo que hagamos, debemos mantener la calma. El pánico sólo empeorará las cosas.

Larry asintió, aunque las líneas de preocupación grabadas en su rostro permanecían.

—De acuerdo. Pero prepárate para cualquier cosa. Pedro Muskcobar no es de los que dejan pasar algo así.

Sylvie se estremeció y se ciñó el chal alrededor de los hombros.

—Parece sacado de una pesadilla.

Jean-Pierre le puso una mano en el hombro, su tacto la reconfortó y la tranquilizó.

—Saldremos de esta —le dijo, aunque las palabras le parecieron huecas incluso a él.

Mientras la familia salía de la cocina, dejando atrás la bolsa, Larry se quedó un momento con la mirada fija en el ominoso paquete.

—Eres un problema —murmuró en voz baja antes de apagar la luz y seguir a los demás a cubierta.

CAPÍTULO 4
LOS ESCENARIOS

A la mañana siguiente, la tensión en la cocina era asfixiante, presionando a todos como un peso invisible. El pequeño espacio, que antes había rebosaba de risas y del reconfortante aroma de comidas recién preparadas, ahora se sentía ajeno y hostil.

En el centro de todo estaba la bolsa de cocaína, una presencia oscura e inflexible que parecía atraer todas las miradas hacia ella.

Patrick fue el primero en romper el silencio, incapaz de contener su curiosidad. Su voz atravesó la opresiva quietud como una chispa en el aire seco:

—¿Cuánto vale?

Jean-Pierre giró la cabeza hacia su hijo, con una expresión de incredulidad e ira.

—Diez años de cárcel —espetó, con voz tajante e inquebrantable—. O una bala entre los ojos —Hizo una pausa, su mirada se desvió brevemente hacia la bolsa antes de volver a posarse en Patrick—. Sí, Patrick, vale mucho dinero.

Patrick se estremeció ante la intensidad del tono de su padre, pero no apartó la mirada. Al otro lado de la mesa, Jacqueline se inclinó ligeramente hacia su hermano, con los labios entreabiertos como si estuviera a punto de hablar, pero no dijo nada. Sus ojos, sin embargo, delataron un destello de excitación que no pudo reprimir.

Larry, apoyado despreocupadamente en el mostrador, parecía imperturbable ante la gravedad de la situación. En todo caso, parecía divertido, como si todo aquello fuera una emocionante aventura y no una situación que pusiera en peligro su vida.

—Quiero mi parte —dijo Larry, con un tono ligero pero deliberado. Sus labios se curvaron en una mueca mientras se cruzaba de brazos—. Con eso me compraré un barco más grande. Algo rápido y elegante... perfecto para estas aguas.

Las caras de los gemelos se iluminaron al oír las palabras de Larry y su imaginación echó a volar. Jacqueline se volvió hacia Patrick, con la voz rebosante de entusiasmo.

—Podríamos abrir un restaurante en San Martín —exclamó, con los ojos brillantes—. Imagínatelo: un pequeño bistró francés junto a la playa en Grand Case. A la gente le encantaría.

Jean-Pierre golpeó la mesa con la palma de la mano y el agudo sonido atravesó la sala como un látigo. Todos se sobresaltaron y le miraron.

—De ninguna manera —dijo, levantando la voz con ira apenas controlada—. ¡Esto no es un juego! No podemos... quedárnoslo —Señaló la bolsa como si fuera una granada—. Tenemos que devolvérsela a Muskcobar. Es demasiado peligroso.

—¡Eres estúpido! —La voz de Sylvie sonó aguda y mordaz, sus mejillas estaban enrojecidas por la ira. Dio un paso adelante, con las manos cerradas en puños a los lados—. Es una oportunidad única, Jean-Pierre. ¿Te das cuenta de lo mucho que esto podría cambiarlo todo para nosotros?

La mandíbula de Jean-Pierre se tensó y sus fosas nasales se encendieron al girarse hacia ella.

—¿Oportunidad? ¿Para que me maten? —Su voz se quebró bajo la tensión de sus emociones, traicionando el miedo que tanto se esforzaba por reprimir—. ¿Es eso lo que quieres para nuestra familia?

Larry se apartó del mostrador, con movimientos suaves y deliberados. Se acercó a la mesa, imponente.

—Escuchen —comenzó, con un tono tranquilo y mesurado. Apoyó las manos en el borde de la mesa y dirigió al grupo una mirada firme—. Lo dividimos. A partes iguales. Cada uno se lleva lo que quiere. Yo me quedo con mi barco, los niños con su restaurante y tú... —Se volvió hacia Jean-Pierre con un leve encogimiento de hombros—. Bueno, puedes hacer lo que necesites.

Jean-Pierre abrió la boca para discutir, pero Sylvie le cortó el paso. Se puso al lado de Larry, apoyó ligeramente la mano en su rodilla y se inclinó un poco hacia él.

—Sí —dijo, suavizando la voz y adoptando un tono casi conspirativo—. Dividámoslo. Puedo ayudarte a conseguir ese barco más grande con mi parte.

Los ojos de Jean-Pierre se oscurecieron y su frustración se convirtió en ira.

—¡Otra vez no! —gritó, poniéndose en pie tan bruscamente que su silla chocó contra el suelo—. ¿Me dejaste por un chico de la piscina cuando vivíamos en América y ahora por un capitán? Parece que te fascina el agua.

Los labios de Sylvie se curvaron en una sonrisa burlona.

—Y los hombres musculosos —soltó, con palabras afiladas como puñales—. Reconócelo, Jean-Pierre, eres un perdedor francés. Un hombrecillo. Quiero mi libertad y mi parte.

La sala se sumió en un silencio sobrecogedor. Incluso Larry, que había mantenido la compostura en todo momento, se movió incómodo. Su mirada se desvió hacia Jean-Pierre, como si estuviera calibrando hasta dónde podía llegar antes de quebrarse.

Patrick se aclaró la garganta con timidez, su voz apenas por encima de un susurro.

—Papá...

Jean-Pierre levantó una mano para silenciar a su hijo. Su pecho subía y bajaba con fuerza mientras luchaba por recuperar el control de sus emociones. Tras un largo momento, exhaló lentamente, con los hombros caídos por el peso del momento.

—Está bien —dijo finalmente, con la voz cargada de resignación—. Haz lo que quieras. Pero no me vengas llorando cuando todo esto salga mal.

UNA AMARGA PARTIDA

El sol de la mañana proyectaba un suave resplandor dorado sobre el puerto deportivo, y su calidez contrastaba con la gélida tensión que persistía a bordo del "The Privilege". Los Labaguette se movían en silencio, cada uno agobiado por sus propios pensamientos, mientras se preparaban para desembarcar. La atmósfera era densa, lastrada por las verdades no dichas y las relaciones fracturadas que habían surgido a raíz de las discusiones de la noche anterior.

Jean-Pierre estaba de pie al borde de la cubierta, mirando cómo Patrick y Jacqueline bajaban por la pasarela, con la cabeza inclinada y las maletas fuertemente apretadas. Quería acercarse a ellos, decirles algo que salvara la creciente distancia que los separaba, sin embargo las palabras se negaron a salir.

La risa de Sylvie flotaba en el agua, ligera y despreocupada, pero a Jean-Pierre le sonaba a burla. Se apoyó despreocupadamente en la puerta del camarote, apoyó la mano en el brazo de Larry y susurró algo que le hizo sonreír.

Jean-Pierre se volvió y sus ojos se entrecerraron al encontrarse con la mirada de Sylvie.

—Gran error —dijo, con voz grave y llana, con un tono cargado de advertencia—. Van a terminar en la cárcel.

Sylvie ladeó la cabeza, con expresión indescifrable.

—No voy a devolver la cocaína —respondió con suavidad, con un tono tan tranquilo como el mar que los rodeaba.

Jean-Pierre sacudió la cabeza, con el peso de la incredulidad y la tristeza sobre sus hombros. No le quedaba nada que decir, no tenía fuerzas para discutir. Cuando se dio la vuelta y empezó a alejarse, sus pasos eran lentos, deliberados. Cada movimiento era como arrastrar una cadena tras de sí, el peso de su mundo fracturado se negaba a ceder.

No miró atrás, ni siquiera cuando la risa de Sylvie flotó tras él, mezclándose con el suave batir de las olas.

DESPUÉS

Jean-Pierre caminaba penosamente por el muelle, con la luz de la mañana proyectando sombras largas y desiguales sobre los tablones desgastados. La brisa salada tiraba de su abrigo, pero no le levantaba el ánimo. Agarró con fuerza la bolsa de cuero que colgaba a su lado, cuyo peso le resultaba imposible de soportar. No era sólo la carga física de la bolsa lo que le pesaba, era la culminación de todo lo que representaba: traición, pérdida y la desintegración de la vida que con tanto esmero había construido.

Su mente era un torbellino de preguntas sin respuestas. ¿Por qué se había quedado Sylvie? ¿Su decisión estaba motivada por la lealtad a Larry o se había convencido realmente de que podía manejar la situación ella sola? ¿Y Patrick y Jacqueline? ¿Eran cómplices de esta locura, o simples espectadores inocentes arrastrados por el caos de unas decisiones adultas que no podían comprender del todo?

Jean-Pierre apretó la mandíbula, sus emociones se agitaban en oleadas turbulentas. La ira, la desesperación y el arrepentimiento luchaban por dominar, cada una más sofocante que la anterior.

«Esta no tenía que ser mi vida», pensó amargamente, con esas palabras resonando en su mente como un mantra. Había imaginado algo mejor, más estable, no sólo para él, sino también para su familia.

Cada crujido de la pasarela bajo sus pies se sentía como un juicio, un recordatorio de la peligrosa carga oculta en la discreta bolsa que llevaba colgada del hombro.

Patrick y Jacqueline caminaban delante; sus pasos eran inusualmente pesados para unos adolescentes normalmente rebosantes de energía. Jean-Pierre los observaba, con el corazón en un puño. Eran sus adolescentes, su responsabilidad, pero allí estaban, involucrados en algo tan alejado de la vida que había intentado construir para ellos. ¿Eran cómplices de esta locura o simplemente se veían arrastrados por su marea implacable?

Jacqueline ajustó la correa de su bolso, su rostro mostraba una cuidadosa máscara de indiferencia. Patrick mantenía la cabeza agachada, evitando la mirada de su padre. La visión de su silenciosa sumisión pesaba sobre Jean-Pierre. Quería decir algo, cualquier cosa que les devolviera a la realidad, pero no le salían las palabras.

Detrás de él, el sonido de una risa recorrió las aguas tranquilas. Jean-Pierre se volvió y apretó la mandíbula al ver a Sylvie en la cubierta del barco. Ella estaba apoyada en Larry, con su mano descansando sobre el brazo de él, mientras intercambiaban sonrisas. A cualquier otra persona le habría parecido una imagen de despreocupada camaradería, pero para Jean-Pierre era una traición profunda.

Se detuvo y se giró completamente, clavando su mirada en la de Sylvie.

—Esto es un error —dijo rotundamente, con voz baja pero firme.

Sylvie le miró a los ojos, con expresión inquebrantable.

—Tal vez —respondió, inclinando ligeramente la cabeza—. O quizá estoy haciendo por fin lo que es mejor para mí.

CAPÍTULO 5

LA MULA

L a mañana era aparentemente serena, el puerto deportivo estaba bañado por la suave luz del sol que centelleaba en la superficie del agua. El suave batir de las olas contra el casco del "The Privilege" parecía burlarse de la tensión que se cocía a fuego lento a bordo.

UNA VISITA DESESPERADA A LA "OFFICE DES DOUANES"

La comisaría era modesta, su pintura desconchada y el cartel descolorido que rezaba "Office des Douanes" le daban un aire de abandono. Jean-Pierre se quedó fuera un momento, con la respiración entrecortada y las palmas de las manos húmedas de sudor. La bolsa que llevaba colgada del hombro le pesaba más cada segundo que pasaba, y su contenido era una acusación silenciosa.

Se acercó a la puerta y cada pisada le pareció una marcha hacia el juicio. El crujido de las bisagras resonó en el silencio cuando la empujó y entró en una habitación poco iluminada que olía ligeramente a café rancio y desinfectante.

Detrás de la mesa había un agente, un hombre negro de unos cincuenta años. Su rostro severo enmarcado por el tipo de agotamiento que se produce tras años de perseguir problemas que sólo parecen multiplicarse. Cuando Jean-Pierre se acercó, levantó la vista y su expresión pasó del aburrimiento a una ligera curiosidad.

—Tengo que informar de algo —dice Jean-Pierre, con la voz temblorosa a pesar de sus esfuerzos por mantener la compostura.

—¿Qué clase de "algo"? —preguntó el oficial, alzando una ceja curtida.

Jean-Pierre vaciló y apretó con fuerza la correa de la bolsa. Respiró hondo y la colocó sobre la encimera; el sonido de su peso al caer sobre la madera resonó en toda la habitación.

—Son… drogas —admitió, con la voz apenas por encima de un susurro—. Cocaína. Mucha.

Por un momento, el agente no reaccionó, como si no hubiera asimilado del todo la declaración. Luego, su rostro se torció de incredulidad.

—¿La trajiste aquí? —preguntó, con la voz ligeramente alzada y la incredulidad evidente.

—No sabía qué más hacer —balbuceó Jean-Pierre, con las manos apretadas a los costados—. Pensé…

—¿Creyó que traerla aquí resolvería su problema? —interrumpió el agente, levantando las manos con exasperación. Su voz llevaba el peso de innumerables frustraciones—. ¿Tiene idea de cuánta cocaína tenemos almacenada? La estamos quemando y sigue llegando.

Jean-Pierre se estremeció, el arrebato del oficial le golpeó como un golpe físico.

—Quiero dejarlo —protestó débilmente—. ¡Es peligroso! Pertenece a un tal Pedro Muskcobar y nos persigue.

—¿Peligroso? —El oficial se inclinó hacia delante y su voz se convirtió en un susurro agudo y cortante. Sus ojos se clavaron en los de Jean-Pierre con una intensidad que le hizo retroceder involuntariamente—. ¿Crees que lo has hecho menos peligroso trayéndolo aquí? Muskcobar no olvida, amigo mío. Si se entera de que le has traicionado, date por muerto. Y ahora nos has metido en tu lío.

Los labios de Jean-Pierre se entreabrieron, una protesta se formó en la punta de su lengua, pero el oficial levantó una mano, silenciándolo con un gesto.

—Esto es lo que vas a hacer —dijo el agente, con un tono frío e inflexible—. Devuélvelo al lugar de donde vino. O mejor aún, llévalo a Muskcobar, en Colombia, y arréglate con él allá.

EL PELIGROSO VIAJE

El viaje de Jean-Pierre comenzó con un vuelo a Ciudad de Panamá. En el bullicioso aeropuerto se oía el ruido de los viajeros de vacaciones: familias que intercambiaban alegres charlas, niños que chillaban de emoción y anuncios que resonaban por los altavoces. El ambiente festivo chocaba con la tormenta que se desataba en su mente.

Aferró la bolsa con fuerza, con los nudillos blancos contra la desgastada correa de cuero. Pensar en su contenido le producía escalofríos. Cada paso le resultaba más pesado, cada mirada era una amenaza potencial.

Al acercarse a la cola de la aduana, los ojos de Jean-Pierre se fijaron en un funcionario en particular. Parecía Papá Noel. Era corpulento y sus anchos hombros realzaban la chaqueta blanca del uniforme, que apretaba ligeramente los botones. Una espesa barba blanca como la nieve le cubría el pecho y sus mejillas sonrosadas le daban un aspecto cálido, casi jovial.

Pero fueron sus ojos los que atrajeron la atención de Jean-Pierre: unos orbes azules centelleantes que asomaban tras unas gafas de montura redondeada y brillaban con una inquietante mezcla de autoridad y picardía. El agente se inclinó ligeramente hacia delante, apoyó las manos en el mostrador y sus dedos enguantados golpearon con un ritmo constante que parecía demasiado casual para alguien de su posición.

—Acércate, hijo —dijo el agente, con una voz profunda y aterciopelada que desprendía una leve alegría que hizo que a Jean-Pierre se le apretara el estómago.

¿Papá Noel en la aduana? pensó Jean-Pierre, con los nervios a flor de piel. Lo absurdo de la imagen casi le hizo reír, pero el peso de la bolsa en la mano bastó para mantenerle con los pies en la tierra.

Cuando Jean-Pierre se acercó, la mirada penetrante del agente le recorrió con una precisión enervante.

—¿Qué tenemos aquí? —preguntó el hombre, señalando la bolsa.

—Sólo objetos personales. Ropa. Libros —respondió Jean-Pierre, forzando una sonrisa.

El agente enarcó una ceja poblada, con expresión divertida y escéptica a partes iguales.

—Libros, ¿eh? Echemos un vistazo. —Cuando se disponía a abrir la bolsa, su perro ladró a otro pasajero. Desvió entonces su atención hacia el otro viajero.

Abrió el cierre de la maleta del pasajero con deliberada lentitud y sacó un queso francés.

Le dio una patada al perro

—¡¡¡Perro estúpido!!! ¡¡¡Váyanse todos ustedes que realmente odio mi trabajo!!! Queso, queso ridículo. Váyanse los dos.

—*Merci* —susurró Jean-Pierre, con voz apenas audible mientras cogía la bolsa, daba un paso y guiñaba un ojo al perro.

EL ENCUENTRO DE BOGOTÁ

Al llegar a Bogotá, a Jean-Pierre le sorprendió inmediatamente el marcado contraste. El aeropuerto era menos festivo, su atmósfera era de tranquila eficiencia y visible seguridad. Guardias armados patrullaban la terminal con ojos penetrantes, y su presencia era un recordatorio constante de la lucha de la región contra la delincuencia y el narcotráfico.

Jean-Pierre mantuvo la cabeza gacha, con movimientos pausados y sin prisa. No podía permitirse llamar la atención. Pero al llegar a la aduana, se le acabó la suerte.

El agente que inspeccionaba la bolsa se detuvo y su expresión pasó del aburrimiento rutinario a la concentración. Lentamente, abrió la cremallera de la bolsa, mostrando los paquetes bien envueltos que había en su interior.

—Señor —dijo el agente, con una voz mezcla de curiosidad e incredulidad, mientras levantaba uno de los paquetes—. ¿Cocaína?

A Jean-Pierre se le revolvió el estómago. Se le secó la boca e intentó responder, pero no le salían las palabras.

Tres agentes se reúnen en torno a la bolsa, con una expresión de incredulidad y diversión.

—¿Un gringo trayendo cocaína a Colombia? —murmuró uno de ellos, sacudiendo la cabeza.

—Es la primera vez —coincidió otro, sonriendo con satisfacción.

—Quizá se equivocó de avión —bromeó el tercero, provocando las risas de sus colegas.

Jean-Pierre fue escoltado a un despacho pequeño y estéril, y el peso de su situación se hizo sentir a cada paso. Detrás de un escritorio estaba sentado el jefe de aduanas, un hombre de mediana edad, mirada penetrante y aire de tranquila autoridad.

El hombre hizo un gesto a Jean-Pierre para que se sentara.

—¿Por qué traes cocaína a Colombia, amigo mío? —preguntó, con voz tranquila pero inquisitiva.

Jean-Pierre vaciló antes de contar toda la historia. Le temblaba la voz al hablar de las amenazas de Muskcobar, las discusiones con su familia y su desesperado intento de hacer lo correcto.

El jefe escuchaba atentamente, sin apartar los ojos de Jean-Pierre. Cuando terminó la historia, se reclinó en su silla, frotándose la barbilla pensativo.

—Estás en un viaje peligroso —dijo finalmente, su tono estaba teñido tanto de advertencia como de lástima—. Nuestras cárceles no son… fáciles de usar. ¿Y Muskcobar? Es astuto. Y violento.

—Lo sé —respondió Jean-Pierre, hundiendo la cabeza entre las manos. La gravedad de su situación le resultaba insoportable.

EL PLAN DEL JEFE

Fuera de la oficina, los agentes de aduana se reunieron con una expresión de confusión e incredulidad.

—¿Un gringo contrabandeando cocaína? —dijo uno, con tono escéptico—. Esto tiene que ser una trampa.

—O quizá sea periodista —sugirió otro, frotándose la barbilla.

El jefe salió y acalló los murmullos con una mirada penetrante.

—Déjenlo ir —dijo con firmeza.

Los agentes intercambiaron miradas incrédulas.

—¿Pero por qué? —preguntó uno, con la voz teñida de asombro.

—Porque nos llevará a Muskcobar —respondió el jefe—. Coloca un rastreador GPS en su equipaje. Que los agentes le sigan. Lo utilizaremos para llegar al pez gordo.

Dentro de la oficina, Jean-Pierre estaba sentado, rígido, con los pensamientos desbocados. El jefe regresó, con una actitud repentinamente más amistosa. Le entregó una tarjeta de presentación con una sonrisa tensa.

—Ve a Medellín —dijo—. Encuentra a Muskcobar. Y cuando lo hagas, llámame.

—¿Me dejas ir? —Jean-Pierre se quedó mirando la tarjeta, con las manos temblorosas.

La sonrisa del jefe se ensanchó.

—Confiamos en ti, amigo mío. Saluda a Muskcobar de nuestra parte. Hasta luego.

Jean-Pierre salió de la oficina, con el peso de la droga presionándole como un yunque. Mientras caminaba por la terminal, sintió los ojos invisibles de los agentes que seguían cada uno de sus movimientos.

Reservó un vuelo a Medellín para el día siguiente y un hotel en Bogotá para pasar la noche. Ya no se trataba de hacer lo correcto. Se trataba de sobrevivir y las probabilidades estaban en su contra.

CAPÍTULO 6
BUSCANDO A MUSKCOBAR

Jean-Pierre se apoyó en la ventana de su modesta habitación de hotel, con la mirada fija en las animadas calles de Usaquén. Los adoquines estaban llenos de actividad: vendedores gritando a los transeúntes, puestos rebosantes de coloridos productos y músicos callejeros tocando la guitarra bajo suaves luces doradas.

—Encantador —murmuró para sí, agarrando la correa de su bolso. Pero la vibrante energía del distrito no pudo sofocar la tormenta en su mente.

Dentro de la bolsa estaba la causa de sus problemas: cocaína, pura y peligrosa. Su presencia le pesaba como una losa.

—Necesito deshacerme de esta cocaína —murmuró, con su voz apenas audible—, encontrar a Muskcobar, acabar con esta pesadilla y volver a mi cocina. Volver a mi vida.

Se apartó de la ventana y la imagen de "Chez Labaguette" pasó por su mente. El murmullo de las conversaciones, el ruido de las sartenes, el aroma del pan recién horneado… todo parecía haber pasado hace una eternidad.

EN BUSCA DE MUSKCOBAR

Decidido a actuar, Jean-Pierre descendió a las bulliciosas calles, con la bolsa apretada contra el costado. Se acercó a un puesto de joyas y el brillo de la plata y las piedras preciosas le llamó la atención.

—Señor —comenzó, con voz baja—. ¿Conoce a Pedro Muskcobar?

La sonrisa del vendedor desapareció al instante. Sin decir palabra, se dio la vuelta y se dedicó a reordenar su mercancía.

Jean-Pierre volvió a intentarlo en un puesto cercano que vendía bolsas tejidas.

—¿Pedro Muskcobar?

La mujer se paralizó y su expresión se tornó temerosa. Se persignó rápidamente y musitó una plegaria en voz baja.

—Vete —susurró, cogiendo a su hijo de la mano y retirándose a la seguridad de su tienda.

Jean-Pierre suspiró pesadamente.

—Un fantasma —murmuró—. Este hombre bien podría no existir.

NOCHES INQUIETAS

De vuelta en su habitación de hotel, las delgadas paredes no le daban tregua. Fuera, la vida nocturna de Bogotá era intensa: sonaban las bocinas de los coches, ladraban los perros callejeros y se oían risas lejanas en el cálido aire nocturno.

Jean-Pierre se paseaba por la habitación, con la bolsa sin abrir sobre la cama. No se atrevía a abrirla, como si ver su contenido pudiera hacer más real el peligro.

—Todos los planes se vienen abajo —murmuró, pasándose una mano por el pelo—. Todos los caminos llevan a ninguna parte.

A través de la ventana, vio a un grupo de adolescentes en la acera, pasándose una guitarra. Sus risas despreocupadas hicieron que le doliera el pecho de añoranza por tiempos más sencillos.

—Necesito respuestas —dijo, agarrando su chaqueta—. Ahora.

UNA NOCHE DESESPERADA

Jean-Pierre salió al aire húmedo de la noche y le hizo señas a un taxi con la mano. El taxi se detuvo y el conductor bajó la ventanilla.

—¿Adónde, amigo? —preguntó el hombre, con el humo saliendo del cigarrillo que llevaba en la comisura de los labios.

—Llévame a la zona de fiesta —respondió secamente Jean-Pierre.

El conductor sonrió con complicidad.

—Muchas chicas allí. Un tercio agentes de la DEA, Un tercio turistas borrachos y un tercio narcos, te vas a divertir.

Jean-Pierre entrecerró los ojos.

—No estoy buscando chicas. Necesito encontrar a un hombre llamado Pedro Muskcobar.

El nombre cayó como una granada. La sonrisa del conductor desapareció y fue sustituida por una expresión de alarma. Frenó en seco y se detuvo bruscamente.

—Fuera —ladró, con tono cortante.

—¿Qué? —Jean-Pierre frunció el ceño—. ¿Por qué?

—Estás buscando problemas. Muskcobar es peligroso —espetó el conductor—. No lo conozco y no quiero conocerlo. Fuera. Ahora mismo.

Jean-Pierre vaciló, pero la mirada del hombre no dejaba lugar a la negociación. Se bajó, con el peso de la bolsa mordiéndole el hombro.

Cuando el taxi se alejó a toda velocidad, sus luces traseras se desvanecieron en la distancia, Jean-Pierre se giró para ver un letrero de neón que brillaba sobre un club nocturno cercano llamado "Papasitos", cuyas letras rojas palpitaban al ritmo musical de la salsa que se extendía por la calle.

EL CLUB NOCTURNO

Dentro, el club era un caleidoscopio de color y sonido. En la pista de baile, las parejas bailaban con gracia y sincronizaban perfectamente sus movimientos con el ritmo trepidante de la salsa. Las risas y las conversaciones se mezclaban con la música, creando una atmósfera embriagadora.

Jean-Pierre se acercó a la barra y recorrió la sala con la mirada. Muskcobar podía estar en cualquier parte, o en ninguna. En cualquier caso, era su mejor oportunidad.

—¿Qué le sirvo? —preguntó el bartender, inclinándose sobre la barra.

Jean-Pierre vacila.

—Busco a alguien —dijo, bajando la voz—. Pedro Muskcobar.

La expresión del camarero se alteró brevemente antes de volver a ser neutra.

Antes de que pudiera responder, dos manos cubrieron los ojos de Jean-Pierre, pudo oler un fuerte perfume y una suave voz le ronroneó al oído.

—¿Quién es? Adivina quién soy, amigo.

Jean-Pierre se puso rígido, el calor de su tacto le puso nervioso.

—No lo sé —balbuceó.

Su risa era grave y burlona.

—Te daré una pista. Nos hemos visto antes en un jacuzzi en Francia, te escapaste de la cárcel.

Jean-Pierre se volvió y el recuerdo del escándalo sexual le golpeó al instante. Era hermosa, con el pelo oscuro cayendo en cascada como la seda y los labios carmesí curvándose en una sonrisa cómplice.

—Recuerdo los videos sexuales —dijo con cautela—. Pero ese era mi hermano gemelo Pierre-Jean, no yo.

—Qué conveniente —dijo, arqueando una ceja—. Y difícil de creer.

Jean-Pierre se movió incómodo; la aguda mirada de ella se clavó en él. El ruido del club parecía desvanecerse a medida que aumentaba la tensión entre ellos.

—Créeme —dijo, con voz mesurada—, no soy el hombre que crees que soy.

—¿Ah, sí? Entonces, ¿quién eres, *mon cher*? —Sus labios carmesí se curvaron en una sonrisa socarrona.

—Jean-Pierre Labaguette —respondió, tendiéndole la mano con educada formalidad.

Ella ignoró su mano y se inclinó más cerca.

—¿Labaguette? Qué rico. Tú eras el cocinero convertido en presidente de EEUU, el hermano de América, qué sorpresa.

Se le escapó una suave carcajada a pesar de la situación.

—¿Y usted, *mademoiselle*? ¿Cómo debo llamarla?

—Llámame como quieras, mientras me invites a una copa, soy Sandra —Señaló al camarero—, dos aguardientes.

Jean-Pierre dudó un momento antes de hacer un gesto con la cabeza al camarero, que sirvió rápidamente las bebidas.

—Así que, Jean-Pierre —empezó, con voz divertida, estudiándolo con curiosidad mientras sorbía su bebida—, ¿Por qué estás aquí? Y no me digas que es por la música.

—Busco a alguien —admitió, en voz baja.

—Déjame adivinar —Se inclinó hacia delante; su tono era conspiratorio—. Pedro Muskcobar.

—¿Cómo lo sabes? —preguntó Jean-Pierre, frunciendo el ceño.

Volvió a reír, un sonido que parecía tanto una burla como una advertencia.

—Cariño, todo el mundo conoce a Muskcobar. Y todos en Bogotá saben que lo buscas, ¿por qué lo buscas?

Jean-Pierre dudó, luego decidió que no tenía sentido mentir.

—Tengo… negocios con él.

—¿Negocios? ¿O problemas? —preguntó, mientras sus ojos brillaban con picardía.

—Las dos cosas —admitió.

Se instalaron en una mesa esquinera, cerca del borde de la pista de baile, donde el zumbido de la discoteca les proporcionaba una extraña intimidad. Jean-Pierre puso la bolsa a sus pies, pero los ojos de ella la notaron de inmediato.

—¿Qué hay en la bolsa? —preguntó, con voz ligera pero expresión seria.

—Algo en lo que Muskcobar estaría muy interesado —respondió vagamente.

—Misterioso —Arqueó una ceja—. Me gusta.

—¿Sabes dónde puedo encontrarlo? —preguntó Jean-Pierre con voz firme e inclinándose hacia delante.

Su mirada no vaciló.

—Puede ser. Pero Muskcobar no se reúne con cualquiera. Le gusta que la gente se gane su atención.

—¿Y cómo lo hago? —preguntó Jean-Pierre.

Sus labios se crisparon en una mueca.

—Empecemos por saber por qué estás realmente aquí.

Jean-Pierre suspira y se pasa una mano por el pelo.

—Intento arreglar un error. Uno grande. Y Muskcobar es la única persona que puede ayudarme.

—Estás metido hasta el cuello, ¿verdad? —Su expresión se suavizó ligeramente.

—Hasta el fondo —admitió.

Dio vueltas a su vaso de aguardiente, pensativa.

—O eres muy valiente o muy estúpido. Probablemente las dos cosas.

EL PRIMER BESO

Sus bromas se volvieron más ligeras a medida que avanzaban las copas. Ella se reía con el humor seco de él y de vez en cuando su mano rozaba la de él en la mesa. La química entre ellos era innegable, una atracción magnética que se intensificaba a cada momento.

—Entonces, Jean-Pierre —dijo ella con tono juguetón—. ¿Qué pensaría tu hermano de ti ahora?

—Probablemente diría que estoy cometiendo los mismos errores que él —Sonrió satisfecho.

—¿Y los estás cometiendo? —preguntó ella, inclinándose más cerca.

—Todavía no —respondió, suavizando la voz.

Sus miradas se cruzaron y, por un momento, el ruido de la discoteca pasó a un segundo plano. Sus labios se curvaron en una leve sonrisa antes de inclinarse hacia él, con su aliento cálido contra su mejilla.

—Cometamos un error juntos —susurró.

Jean-Pierre no vaciló. Sus labios se encontraron en un beso lento y pausado, del tipo que transmite pasión y promesa. Ella le rodeó el cuello con las manos, tirando de él, y él respondió con la misma intensidad.

Cuando por fin se separaron, sus ojos brillaban con picardía.

—No eres tan inocente como pretendes ser, Jean-Pierre.

—Y tú eres más peligrosa de lo que pareces —respondió él.

Se rio, lo tomó de la mano y tiró de él hacia la puerta.

—Vamos, gringo. Veamos si tu valentía se mantiene fuera de este club.

UN VIAJE PELIGROSO

El aire húmedo de la noche los envolvió cuando salieron del club. Las luces de neón del Parque de la 93 se reflejaban en las calles mojadas por la lluvia, proyectando patrones cambiantes de rojo y amarillo.

Jean-Pierre levantó una mano para pedir un taxi. En unos instantes, un maltrecho taxi amarillo se detuvo junto a ellos.

—Eres rápido —bromeó ella, rozándole el brazo con los dedos.

—Sólo cuando importa —respondió con una leve sonrisa, abriéndole la puerta.

Se deslizó con elegancia en el asiento trasero y su vestido reflejó la luz al acomodarse. Jean-Pierre la siguió y cerró la puerta con un chasquido firme.

El conductor, un hombre mayor de piel curtida y ojos hundidos, los miró por el retrovisor. Un cigarrillo colgaba de sus labios y el humo se dirigía perezosamente hacia la ventanilla agrietada.

—¿Adónde, amigos? —preguntó el conductor con voz ronca.

Jean-Pierre dudó, sus instintos se agudizaron.

—Hotel Santa Fe —dijo con cautela.

El conductor asintió y arrancó, el taxi se sacudió al avanzar.

Mientras la ciudad se desdibujaba tras las ventanillas, ella se inclinó hacia Jean-Pierre y su aliento penetró en su oído.

—Tómale una foto al conductor —susurró.

—¿Por qué? —preguntó Jean-Pierre, frunciendo el ceño y girando ligeramente la cabeza.

Su tono seguía siendo ligero, pero sus ojos mostraban una seriedad que le aceleró el pulso.

—Por si acaso —dijo—. Si nos secuestran, podría servir de ayuda.

La miró fijamente, con los nervios a flor de piel.

—¿Secuestrarnos? ¿Eso es una posibilidad?

—Poco probable —Se encogió de hombros con una sonrisa burlona—. Pero con el nombre de Muskcobar en tus labios, ¿quién sabe?

Jean-Pierre suspiró y sacó su teléfono. Lo orientó discretamente hacia el conductor y sacó una foto mientras el hombre murmuraba algo en voz baja sobre turistas entrometidos.

—¿Ya estás contenta? —preguntó, deslizando el teléfono de nuevo en su bolsillo.

—Mucho —Sonrió, recostándose en el asiento—. Mándasela a tu abogado.

El vehículo atravesó la ciudad a toda velocidad, con sus faros cortando la oscuridad. Jean-Pierre no pudo evitar mirarla de reojo. Ella irradiaba una serena confianza, con una postura relajada, como si estuvieran de camino a casa luego de una noche común. Su vestido brillaba tenuemente bajo la luz del día y las comisuras de sus labios se curvaban en una sonrisa de complicidad.

—No pareces preocupada —dijo finalmente.

Se volvió hacia él, con sus ojos oscuros brillando.

—¿Preocupada por qué? ¿Por el conductor? ¿Muskcobar? ¿O por ti?

—Por todo —admitió Jean-Pierre.

Su risa era suave, casi reconfortante. Se acercó y le puso una mano en la rodilla.

—Relájate, gringo. Si algo va mal, diles que estás conmigo.

—¿Y eso funcionará?

—Ya ha funcionado antes —dijo guiñando un ojo.

Jean-Pierre no estaba del todo convencido, pero su confianza era contagiosa. Por primera vez en días, se permitió respirar un poco más tranquilo.

UNA NOCHE DE PASIÓN

La puerta se cerró tras ellos y ella se volteó, clavando su mirada en la de él. El aire entre ellos estaba cargado de tensión, la anticipación crepitaba como estática.

—Jean-Pierre —bromeó ella, acercándose—, ¿vas a seguir mirándome o vas a hacer algo al respecto?

Él sonrió con satisfacción, quitándole el vestido y dejándolo caer al suelo.

—Tal vez sólo estoy disfrutando de la vista.

—Halagador —murmuró ella, rozándole el pecho con un dedo—. Pero creo que puedes hacerlo mejor.

—¿Mejor que halagarte? —preguntó él, tomándole la mano y sosteniéndola entre los dos.

Su voz bajó, grave y atrayente.

—Mejor que tu hermano, tal vez.

Se quedó inmóvil un segundo al notar el golpe. Luego se rio suavemente, inclinándose hacia ella.

—Mejor no le metamos en esto.

Ella sonrió y tiró de él hasta que sus labios se encontraron. El beso fue lento, deliberado y urgente a la vez; sus manos se deslizaron por su cabello, mientras las de él rodeaban la curva de su cintura.

Tropezaron hacia la cama, y su risa resonaba suavemente en la habitación.

SUSURROS EN LA OSCURIDAD

—Háblame —susurró, con voz entrecortada y acentuada.

—¿En francés? —bromeó, rozándole la clavícula con los labios.

Ella soltó una suave carcajada, sus manos tirando de él más cerca.

—*Oui… Je veux ça.*

Él le obedeció, con voz grave y áspera.

—*Tu es belle… fascinante… parfaite* —murmuró contra su piel.

Su respuesta fue inmediata, un suave gemido escapó de sus labios.

—¡Otra vez! —exigió con su acento marcado—. No pares.

—*Como desees, chérie* —Sonrió contra su cuello, sus manos recorriendo su silueta.

Su voz se elevó mientras respondía en una mezcla de francés y español, sus palabras tropezaban unas con otras.

—Jean-Pierre… por favor… más.

—*Reste avec moi… laisse-moi te montrer…* —Su respuesta llegó en susurros suaves, su tono calmante y dominante a la vez.

Sus uñas rastrillaron suavemente su espalda mientras jadeaba.

—*Mon dieu... tu es... mieux que ton frère* —Hizo una pausa y levantó la cabeza para mirarla con una leve sonrisa—. ¿Otra vez? ¿Debo tomarlo como un cumplido?

Ella se rio, tirando de él hacia ella.

—Tómatelo como quieras, pero no pares. Métemelo, métemelo, amor —Su voz se suavizó a medida que aumentaba la intensidad entre ellos—. Jean-Pierre... *Je suis à toi.*

—*Et tu es à moi* —susurró él a su vez, con voz firme mientras se movían al mismo ritmo.

EL DESPUÉS

Yacían enredados en las sábanas, la habitación en silencio excepto por el sonido de sus respiraciones pausadas. Ella apoyaba la cabeza en el pecho de él y sus dedos trazaban círculos en su piel.

—Jean-Pierre —dijo suavemente, con una sonrisa en la voz—, no decepcionas.

—Tú tampoco —respondió él apartándole un mechón de pelo de la cara.

Ella inclinó la cabeza para mirarle, con expresión medio burlona, medio seria.

—Sabes que esto no resuelve nada, ¿verdad?

El suspiró, con la mano en la espalda de ella.

—No, pero tampoco lo empeora —Sus labios se curvaron ligeramente y se acercó más.

—Mañana nos ocuparemos del desorden. Esta noche…

—Esta noche, no pensemos en eso —terminó por ella.

Ella asintió y volvió a recostarse sobre él. A medida que el cansancio se iba apoderando de él, Jean-Pierre dejaba que se le cerraran los ojos, con el peso del mundo apartado por un momento.

CAPÍTULO 7

VIAJE A LA FINCA

Por la mañana, seguían enredados en las sábanas, con la luz temprana colándose a través de las cortinas. El dedo de Sandra trazaba ociosos dibujos en el pecho de Jean-Pierre mientras le miraba fijamente a los ojos.

—¿Puedes ayudarme a llegar a Estados Unidos? —preguntó en voz baja.

—¿Estados Unidos? —Jean-Pierre parpadeó, su pregunta le pilló desprevenido.

—Sí —dijo ella, con una mezcla de esperanza y cautela en su voz—. Si te llevo a Muskcobar, ¿me ayudarás a llegar?.

Jean-Pierre suspiró, frotándose la sien.

—No es tan sencillo, Sandra. Necesitarás un visado, e incluso con contactos, es un largo…

—He oído hablar de un hombre —le cortó Sandra con una sonrisa pícara—, cuya mujer, Melania, entró en Estados Unidos sin problemas. ¿Quizás podrías preguntarle a él?

—¿De quién estás hablando? —preguntó Jean-Pierre, frunciendo el ceño.

—No importa —se apresuró a decir ella, descartando el tema con un gesto de la mano—. Se llama Donald, un amigo mío. Sí, puedo preguntarle, pero lo que importa es Muskcobar. ¿De verdad puedes ayudarme?

Jean-Pierre se incorporó, con el peso de su petición presionándole.

—¿Puedes realmente llevarme a Muskcobar?

—Déjame hacer unas llamadas —asintió Sandra con firmeza—. Nos vemos a la hora de comer. Y una cosa más…

—¿Qué cosa?

—Haz la maleta y esconde la cocaína dentro. Nos vamos a Medellín.

A Jean-Pierre le dio un vuelco el corazón. Sólo el nombre le produjo un escalofrío.

—Medellín —murmuró.

Sandra sonrió con satisfacción mientras empezaba a vestirse con movimientos deliberados y seguros.

—No pongas esa cara, gringo. A Muskcobar le gustan sus invitados. La mayoría de las veces.

LLEGADA A MEDELLÍN

Sandra y Jean-Pierre bajan del avión en el aire húmedo de Medellín. El bullicioso aeropuerto de Río Negro bullía de actividad, pero Jean-Pierre no podía deshacerse de la inquietud que sentía desde que abordaron el vuelo.

En el mostrador de alquiler de coches, Sandra se encargó de conseguir un elegante todoterreno para su viaje.

—¿Adónde vamos? —preguntó Jean-Pierre mientras ella se deslizaba en el asiento del copiloto.

Sandra le lanzó una sonrisa enigmática.

—Quizá al paraíso. Quizá al infierno. ¿No es emocionante la vida?

Jean-Pierre soltó una risita nerviosa, agarrando el volante mientras recorrían las sinuosas carreteras hacia Guatapé.

Llegaron a un pintoresco hotel cerca de la emblemática Piedra del Peñol, el imponente hito de granito que proyecta largas sombras sobre el exuberante paisaje. Un hombre con un sombrero de ala ancha se les acercó en el estacionamiento.

—Este es Juan Carlos —dijo Sandra, con voz ligera—. Nos llevará el resto del camino.

—¿Qué quieres decir con "el resto del camino"? —preguntó Jean-Pierre, frunciendo el ceño.

Juan Carlos señaló hacia un helicóptero que esperaba cerca.

—Suban. Nos espera un largo viaje.

Todos subieron al helicóptero. Dos tipos de aspecto aterrador ya estaban dentro.

El helicóptero se elevó suavemente en el aire, con el extenso embalse de Guatapé brillando bajo la luz del sol como un zafiro. Sandra señaló varios puntos de interés, con voz animada, mientras explicaba la historia de la zona.

—¿Qué es eso? preguntó Jean-Pierre, acercándose a la ventanilla cuando pasaron por encima de un grupo de estructuras en ruinas.

—La antigua "La Manuela" de Pablo Escobar —respondió Sandra—. Ahora es una ruina. Algunos dicen que todavía hay oro y algunos cuerpos enterrados allí, pero nadie es lo suficientemente valiente como para mirar, Es propiedad del gobierno.

Jean-Pierre asintió, la visión le llenó de una mezcla de fascinación y temor.

Antes de que pudiera hacer más comentarios, sintió que unas manos le agarraban bruscamente por detrás. Una capucha negra le cubrió la cabeza, sumiéndole en la oscuridad.

—Lo siento, gringo —murmuró una voz ronca—. El resto del viaje es un secreto.

Jean-Pierre forcejeó brevemente, pero se detuvo cuando un agarre firme le sujetó. El rítmico zumbido de las aspas del helicóptero ahogaba cualquier otro sonido mientras el miedo le oprimía el pecho.

EN LA FINCA

Jean-Pierre fue sacado del helicóptero con la capucha puesta. Los sonidos de la selva lo envolvieron: pájaros que cantaban a lo lejos, insectos que zumbaban en el aire espeso y el susurro de las hojas en la brisa. Tropezó cuando lo guiaron hacia un vehículo; el calor húmedo se pegaba a su piel.

El viaje a través de la selva fue accidentado y desorientador, el olor terroso de la vegetación húmeda llenaba sus sentidos. Intentó concentrarse, pero la incertidumbre le carcomía.

Cuando por fin le quitaron la capucha, Jean-Pierre parpadeó contra la luz, ajustando la vista. Delante de él había una finca impresionante, rodeada de jardines cuidados, guardias armados y vehículos de lujo.

—Bienvenido —le saludó una voz grave.

A Jean-Pierre se le encogió el corazón al reconocer al hombre que se acercaba: Muskcobar.

—Hola, gringo —dijo Muskcobar con una sonrisa que no le llegaba a los ojos—. Creo que tienes algo que me pertenece.

Abrieron la bolsa frente a Muskcobar. Echó un vistazo al interior y su sonrisa se desdibujó.

—¿Esto es todo?

—Eso es todo. El resto… se hundió. —Jean-Pierre tragó saliva.

—¿Se hundió? —La risa de Muskcobar era fría y aguda—. Es una forma interesante de decir que alguien robó mi parte.

Jean-Pierre vaciló, inseguro de cuánto revelar.

—Te quedarás aquí —dijo Muskcobar, su tono no dejaba lugar a discusiones—. Veremos cuánto tardamos en encontrar el resto de lo que es mío.

INSTALÁNDOSE EN LA FINCA

Jean-Pierre fue escoltado por la extensa finca, cuya opulencia contrastaba con la tensión que le atenazaba el pecho. La finca era una fortaleza disfrazada de paraíso: jardines cuidados, una piscina resplandeciente, coches de lujo que brillaban bajo el sol y guardias armados apostados estratégicamente en cada esquina.

—Por aquí, amigo —dijo uno de los guardias, empujándolo hacia adelante.

Al entrar en la casa principal, Jean-Pierre no pudo evitar maravillarse ante su grandeza. Los pisos de mármol reflejaban las lámparas de araña doradas que colgaban en lo alto, y el aire estaba perfumado con el tenue aroma de las orquídeas.

Muskcobar le condujo a un gran comedor, donde Sandra ya estaba sentada, con una postura relajada, como si fuera una invitada de honor y no una cómplice.

—Siéntate —ordenó Muskcobar, señalando una silla.

Jean-Pierre obedeció con movimientos, rígidos.

—Hablemos de negocios —empezó Muskcobar, con un tono despreocupado pero una mirada aguda—. Me debes una, gringo. Y no te irás hasta que tenga lo que es mío.

Jean-Pierre le miró y se obligó a mantener la calma.

—Haré todo lo posible para ayudarte a recuperar lo que falta.

Muskcobar se echó hacia atrás y sus labios se curvaron en una sonrisa irónica.

—Vas a hacer más que eso. Vas a ganártelo.

—Jean-Pierre es un chef de talla mundial —intervino Sandra con voz ligera—. Quizá deberías ponerlo a trabajar en la cocina.

—¿Un chef? —Muskcobar enarcó una ceja.

—Cocinar es lo que mejor se me da —asintió Jean-Pierre de mala gana.

La sonrisa de Muskcobar se ensanchó.

—También es el expresidente de EEUU —dijo Sandra y le tendió una carpeta—. Un chef y un expresidente. Estás lleno de sorpresas, amigo mío.

La cocina de la finca era el sueño de cualquier chef: equipos de última generación, interminables hileras de especias e ingredientes frescos procedentes de los huertos de la finca. El personal de Muskcobar observaba con curiosidad cómo Jean-Pierre tomaba el control, con movimientos seguros y precisos.

—¿Qué hay en el menú, señor expresidente? —preguntó, apoyándose en el marco de la puerta.

—*Coq au vin* —respondió Jean-Pierre sin levantar la vista—. Un clásico francés.

—A ver si eres tan bueno como todo lo que he leído sobre ti —dijo Muskcobar, riendo entre dientes.

El aroma del ajo, el vino y las hierbas pronto llenó la cocina, atrayendo a Muskcobar, el jefe narco y a su séquito a la mesa del comedor. Cuando Jean-Pierre sirvió por fin el plato, la sala quedó en silencio mientras se daban los primeros bocados.

—Esto es... increíble —declaró Muskcobar, con una voz llena de auténtica admiración—. No eres sólo un chef, eres un artista.

—Me alegro de que lo apruebes. —Jean-Pierre se permitió una pequeña sonrisa.

Durante las semanas siguientes, el talento culinario de Jean-Pierre hizo magia con Pedro y su familia. Las cenas se convirtieron en acontecimientos, y el rey de los narcos esperaba con impaciencia cada nuevo plato.

En la oficina de aduanas de Bogotá, el agente Jorge seguía el rastro de Jean-Pierre y su paquete de cocaína. Sus ojos, junto con los de su equipo, estaban pegados a la pantalla mientras seguían el precioso cargamento de Bogotá a Medellín y luego a la región de Urabá.

Pasaron unos días y los agentes se sorprendieron por un giro repentino.

—La coca se mueve... ¿vuelve a Medellín? —murmuró un agente, frunciendo el ceño ante la pantalla.

Al día siguiente, el GPS indicaba Bogotá.

—Concéntrate en la ubicación del GPS —ordenó Jorge—. Parece cerca de nosotros.

De repente, sonó el teléfono. Jorge contestó sin apartar los ojos de la pantalla.

—Hola, soy Pedro Muskcobar. Quiero hablar con Jorge.

—¿Muskcobar? ¿Estás seguro? —Jorge se puso rígido.

—Hola Jorge, gracias por tu regalo, pero no lo necesito.

—¿Qué regalo? —Jorge frunció el ceño.

—El GPS que pusiste en el paquete de Jean-Pierre. Nadie se mete con mi mercancía.

Jorge apretó el auricular con fuerza.

—Señor Muskcobar, lo encontraremos. Nuestros militares se acercan a su finca. Sabe que tenemos drones.

—¿Ah, sí? —Una risita suave resonó en la línea—. Felicidades, parece que estás ganando la guerra contra las drogas. Pero mira por tu ventana.

Jorge se volvió hacia la pantalla de vigilancia que mostraba las cámaras de la azotea. Se le revolvió el estómago. Un dron revoloteaba silenciosamente junto a la ventana, con su luz roja parpadeando.

La explosión sacudió la oficina antes de que Jorge pudiera decir una palabra. El humo llenó la habitación mientras sonaban las alarmas, pero el daño ya estaba hecho. La pantalla parpadeó y se apagó.

En su finca, Muskcobar devolvió el teléfono a su teniente, sacudiendo la cabeza.

—Qué maleducado. Parece que ha colgado —dijo Muskcobar, soltando una carcajada—. Malditos aficionados.

Una noche, Muskcobar se reclinó en su silla, dándose palmaditas en el estómago.

—Amigo mío, tienes un don. Olvídate de Nueva York. Quédate aquí. Abriremos restaurantes por toda Colombia. Serás rico más allá de tus sueños.

La sonrisa de Jean-Pierre se desdibujó.

—Agradezco la oferta, pero no estoy seguro de estar preparado para ese tipo de compromiso.

La sonrisa de Muskcobar se desvaneció y su tono se volvió serio.

—Rico o muerto, gringo. Tú eliges. Traicióname y será lo segundo.

—Comprendo —dijo Jean-Pierre, asintiendo y con un nudo en la garganta.

OFERTA DE MUSKCOBAR

Una noche, después de una cena extravagante, Muskcobar llamó a Jean-Pierre a su estudio. La habitación estaba poco iluminada, con estanterías en las paredes y un gran escritorio de caoba dominando el espacio.

—Amigo mío —comenzó Pedro, con tono mesurado—, tú no eres sólo un chef. Eres un hombre influyente. Un expresidente.

—Eso fue hace toda una vida —Jean-Pierre se puso tenso.

—Tal vez —dijo Muskcobar, agitando un vaso de ron en la mano—. Pero siempre he soñado con algo más grande. Quiero ser presidente de Colombia.

—¿Presidente? —Jean-Pierre frunció el ceño—. Muskcobar, con todos mis respetos, la política no es tan sencilla como preparar una comida.

—Y, sin embargo, lograste dirigir un país —Muskcobar rio entre dientes—. Seguro que puedes ayudarme.

—No creo que funcione así.

Muskcobar se inclinó hacia delante, con los ojos entrecerrados.

—Ayúdame, amigo, entréname, guíame, y te dejaré libre. Niégate, y nunca saldrás vivo de esta finca.

Jean-Pierre tragó saliva, con el peso del ultimátum presionándole.

—Soy cocinero, no político. Pero… haré lo que pueda.

—Bien. Empezarás mañana. —Muskcobar sonrió y le tendió la mano.

De mala gana, Jean-Pierre le estrechó la mano.

LA VIDA EN LA FINCA

Los días se convirtieron en semanas y el papel de Jean-Pierre en la finca se consolidó. De día, era el chef personal de Muskcobar y preparaba comidas elaboradas que llevaban el sabor de Francia a la selva colombiana. Por la noche, a regañadientes, daba a Muskcobar lecciones de oratoria y diplomacia.

—Hay que conectar con la gente —explicó Jean-Pierre una tarde, sentados en la amplia terraza de la finca. El aire era cálido y en la selva se oía el zumbido de los insectos y el canto lejano de los pájaros.

—¿Conectar? —Muskcobar frunce el ceño y agita su vaso de aguardiente—. Les doy dinero y trabajo. ¿No es suficiente?

—No se trata sólo de lo que das —Jean-Pierre sacude la cabeza—. Se trata de cómo les haces sentir. Tienen que confiar en ti, creer en tu visión.

—¿Y cómo lo hago? —Los ojos de Muskcobar se entrecerraron pensativamente.

—Escúchales —dijo Jean-Pierre—. Entiende sus necesidades. Háblales al corazón, no sólo al bolsillo.

Muskcobar se echó hacia atrás y una sonrisa se dibujó en su rostro.

—No eres sólo un chef, gringo. Eres un filósofo.

Jean-Pierre esbozó una sonrisa tensa, aunque se le revolvió el estómago. Cada consejo que le daba le parecía una traición a sus propios valores, pero rechazar a Muskcobar no era una opción.

COCINA Y CONEXIONES

La cocina era el refugio de Jean-Pierre, un lugar para escapar del peligro que lo rodeaba. A la familia de Muskcobar le encantaba su cocina, especialmente a los niños, que se asomaban a la cocina con curiosidad.

—Chef Jean-Pierre ¿vas a hacer merengues hoy? —preguntó una tarde Carolina, la hija menor de Muskcobar.

—Sólo si prometes comportarte en la cena. —Jean-Pierre sonrió.

La niña soltó una risita y asintió enérgicamente.

—¡Lo prometo!

Las comidas que preparaba se convertían en acontecimientos que atraían a la mesa a los socios más cercanos de Muskcobar. Las conversaciones eran animadas, llenas de risas y el tintinear de las copas.

Durante unas horas al día, el ambiente en la finca parecía relajarse.

—Tu *coq au vin* es mejor que cualquier cosa que haya probado —declaró una noche Muskcobar, con una voz que retumbaba de aprobación—. ¿Y ese *clafoutis* con cerezas? Magnífico.

Jean-Pierre asintió cortésmente, aunque el elogio le pareció vacío. Ya no cocinaba por placer, sino por supervivencia.

Una noche, después de un banquete extravagante, Muskcobar llamó a Jean-Pierre a su estudio privado. La habitación estaba en penumbra y en el aire flotaba el aroma del humo de los puros.

—Amigo mío —empezó Muskcobar, indicando a Jean-Pierre que se sentara—. Has demostrado ser muy valioso. No sólo como chef, sino como pensador, como estratega.

—Sólo soy un hombre que intenta seguir vivo. —Jean-Pierre enarcó una ceja.

Muskcobar rio entre dientes y sirvió dos vasos de ron.

—Y estás haciendo un trabajo excelente. Pero he estado pensando… que podríamos hacer grandes cosas juntos.

—¿Grandes cosas? —repitió Jean-Pierre con cautela.

—Sí —Muskcobar se inclinó hacia delante, con los ojos brillantes de ambición—. Restaurantes por toda Colombia. Un imperio culinario. Y cuando sea presidente, estarás a mi lado, guiándome.

A Jean-Pierre se le oprimió el pecho.

—Muskcobar, soy cocinero, no político.

—Eres ambas cosas —replicó Muskcobar—. Y confío en ti. Pero que quede claro: si me traicionas, no habrá segundas oportunidades.

Jean-Pierre se obligó a sostenerle la mirada a Muskcobar.

—Lo comprendo —contestó con voz firme.

CAPÍTULO 8
ASESOR PRESIDENCIAL

IMÁGENES DE PODER

U na tarde húmeda, tras meses de cautiverio de Jean-Pierre en la finca, Muskcobar lo llamó al gran estudio. La habitación era un retrato del exceso: estanterías de caoba oscura repletas de libros encuadernados en cuero, un antiguo bar de globo terráqueo repleto de licores de primera calidad y una araña de cristal que proyectaba un resplandor dorado. El aire apestaba a cuero y a humo de puro, un fuerte aroma que permanecía como un huésped no deseado.

Pero no fueron los libros ni la opulencia lo que llamó la atención de Jean-Pierre, sino la pared de fotografías.

Decenas de cuadros se alineaban en la pared del fondo, mostrando la vida de Muskcobar entre la élite del hampa colombiana. Allí estaba él, estrechando la mano de un jefe de cártel cuyo nombre Jean-Pierre reconocía de titulares infames. Otra foto mostraba a Muskcobar, más joven pero igual de imponente, sentado frente a una mesa repleta de dinero y rodeado de guardias armados.

—¿Admirando mi galería? —preguntó Muskcobar, cortando el pesado silencio.

Jean-Pierre se giró; su incomodidad era evidente.

—Son… impresionantes. Pero, ¿por qué tenerlas en exhibición?

—¿Por qué ocultar la historia? —respondió Muskcobar con una sonrisa de satisfacción, indicando a Jean-Pierre que se sentara—. Estos hombres dieron forma a Colombia. Algunos para bien, otros para mal. Pero la mayoría jugó el juego y algunos sobrevivieron. Como yo.

Jean-Pierre guardó silencio y volvió a mirar las fotos.

El peso de la historia de la sala era casi palpable, un recordatorio constante de lo que estaba en juego.

UNA PROPUESTA PELIGROSA

Muskcobar estaba sentado detrás de su enorme escritorio de roble, con un vaso de aguardiente en una mano y un puro humeante en la otra. Exhaló una lenta columna de humo antes de hablar.

—Jean-Pierre —empezó Muskcobar, con un tono suave y pausado—, has convertido mi finca en un paraíso. Pero eres mucho más que un chef.

Jean-Pierre se movió incómodo en su asiento, con su chaqueta de cocinero impecable sintiéndose extrañamente fuera de lugar en la grandeza intimidante del estudio.

—No estoy seguro de entender a qué te refieres.

Muskcobar se inclinó hacia delante, colocando el puro en un cenicero de cristal.

—Un hombre que llegó a presidente de los Estados Unidos sin una pizca de experiencia política. Notable. Tu historia es… inspiradora.

—Eso fue hace años —Los hombros de Jean-Pierre se tensaron—. Ya no soy ese hombre.

—Puede que no —dijo Muskcobar con una leve sonrisa—. Pero el conocimiento sigue ahí. La experiencia. Y pienso usarla, las elecciones son el mes que viene. Hazme el mejor presidente de Sudamérica —declaró Muskcobar, con una voz rebosante de convicción.

Jean-Pierre parpadeó y guarda silencio.

—¿El mejor Presidente? Muskcobar, yo sé de cocinas, no de política. Sólo puedo intentarlo.

—Te subestimas —dijo Muskcobar, encendiendo de nuevo su puro—. Has caminado por los pasillos del poder, negociado con titanes y hecho realidad cosas imposibles. Necesito a alguien que sepa cómo se juega.

Jean-Pierre dudó, asimilando la magnitud de la propuesta.

—Incluso si te ayudo, la política es… caótica. Complicada.

—Jean-Pierre, me gusta el caos —Muskcobar soltó una risita y se recostó en la silla—. Colombia está preparada para un líder que no tenga miedo de reescribir las reglas. Nos prometieron paz y acabamos en el caos.

El silencio entre ellos era pesado, el peso de la ambición de Muskcobar se asentaba sobre la habitación. Finalmente, Jean-Pierre habló con voz firme.

—Te ayudaré, pero con una condición. Tiene que ser por un tiempo limitado.

—¿Y eso es? —La sonrisa de Pedro vaciló.

—Un año y un día —dijo Jean-Pierre con firmeza.

Muskcobar lo miraba fijamente, sin pestañear. Luego, con una carcajada estruendosa, se levantó de la silla y le tendió la mano.

—De acuerdo. Un año y un día.

Jean-Pierre le estrechó la mano, un gesto que sellaba un pacto que cambiaría la vida de ambos para siempre.

LA CUMBRE DEL NARCO

Antes de lanzar su campaña, Muskcobar buscó el apoyo de la comunidad narco. Organizó una reunión en su finca, un espectáculo de opulencia que exhibió su carisma y poder.

Las mujeres llegaron primero, vestidas con trajes de diseñadores como Balenciaga y Dolce & Gabbana. Sus joyas brillaban bajo el resplandor de la lámpara de araña, y bolsos de lujo de Dior y Chanel colgaban de sus brazos. La cirugía plástica había esculpido su belleza natural con volúmenes añadidos.

Los hombres, no menos extravagantes, combinaban el encanto rudo con la ostentación. Botas vaqueras con intrincados diseños resonaban contra los pisos de mármol, y algunos llevaban revólveres adornados con oro y platino colgados a los lados de sus grandes barrigas.

Muskcobar los saludó a todos con la calidez de un amable anfitrión, su encanto desarmó hasta al más escéptico.

—¡Hola Carlos! Hola, Sergio un placer. Hola, Gustavo Feliz de verte; Carmen qué hermosa, Maryuli, espectacular tu vestido…

Jean-Pierre ocupó el centro del escenario en el banquete, desvelando su audaz concepto de "Narco Cocina".

—Les presento —empezó Jean-Pierre, señalando la extensión que tenía ante sí— el futuro de la gastronomía colombiana.

Primero llegó *The Muskcobar Cocktail*, una atrevida mezcla de aguardiente, maracuyá y un toque de cocaína. Su vibrante tono anaranjado captó la luz, y Muskcobar levantó su copa en señal de aprobación.

La siguiente fue la ensalada con marihuana, una artística mezcla de verduras rociadas con aceite de oliva con cannabis. Su atrevimiento provocó jadeos y asentimientos de aprobación.

Jean-Pierre continuó con Mantequilla Marihuana, una rica mantequilla infusionada con marihuana, servida sobre pan caliente recién horneado.

La sala bullía de admiración y Muskcobar no podía ocultar su orgullo.

—¡Un brindis! —declaró—. ¡Por la innovación!

Jean-Pierre levantó su copa, con voz tranquila pero autoritaria.

—Por un futuro en el que la comida y el poder vayan de la mano.

Muskcobar le dio una palmada en la espalda, sonriendo.

—Tú, amigo mío, eres el Miguel Ángel de la cocina. Has convertido la controversia en arte.

Jean-Pierre sonrió de lado.

—Y tú, Muskcobar, eres el Miguel Ángel de la cocaína. Sólo te sigo el ritmo.

La sala estalló en carcajadas y Muskcobar se inclinó más hacia él, con un tono suave pero firme.

—Juntos, lo cambiaremos todo.

UNA VISIÓN PARA COLOMBIA

La sesión de estrategia comenzó de inmediato y la sala bullía con la energía palpable de Muskcobar. Se paseó frente al escritorio de roble, gesticulando ampliamente mientras esbozaba su plan. Su voz, mezcla de carisma y convicción, tenía el peso de un hombre decidido a reescribir la historia.

—Jean-Pierre —empezó Muskcobar, deteniéndose para señalar al aire con un dedo—, ¿te das cuenta de lo que nos espera? La industria colombiana de la cocaína genera 18 200 millones de dólares al año, tanto como nuestras exportaciones de petróleo. ¿Y qué hacemos con eso? Lo malgastamos. Sobornos, incautaciones, bienes quemados… todos perdemos.

Jean-Pierre se inclinó hacia delante y frunció el ceño.

—¿Y crees que con un impuesto se arreglará?.

—No creo —corrigió Muskcobar, su voz se elevó con pasión—. Lo sé. Con un impuesto del 10% se recaudarían 1800 millones de dólares al año. Eso es más que suficiente para construir hospitales, financiar escuelas, reparar carreteras… podríamos transformar Colombia en una nación moderna.

—¿Y qué hay de la gente que se está beneficiando de ello ahora? — Jean-Pierre se cruzó de brazos, escéptico—. ¿Los cárteles? ¿Los militares? No van a dejarte que les quites su parte del pastel.

Muskcobar dejó de caminar y su rostro se endureció al encontrarse con la mirada de Jean-Pierre.

—Los militares ya se benefician de este juego. Entrarán en razón cuando comprendan que mi plan garantiza su supervivencia y amplía su influencia. En cuanto a los cárteles… —Sonrió satisfecho, con una confianza escalofriante—. Digamos que he sobrevivido a cosas peores que unos cuantos traficantes descontentos.

—Estás hablando de desmantelar décadas de corrupción y violencia — Jean-Pierre no parecía convencido—. Eso no es sólo un cambio de política: es una revolución.

—Exactamente —respondió Muskcobar, con voz firme—. Y por eso funcionará. La gente está cansada del *statu quo*. Están hartos de promesas incumplidas, hartos de ver morir a sus seres queridos por una guerra contra la droga que no beneficia a nadie más que a los corruptos.

Jean-Pierre se llevó los dedos a la sien, intentando comprender la enormidad de la visión de Muskcobar.

—Aunque convenzas a los poderosos, ¿cómo se lo vas a vender al ciudadano medio? La cocaína legalizada no será fácil de vender.

La sonrisa de Muskcobar se ensanchó y su tono adquirió un tono casi juguetón.

—Gravándolo todo. Cobrando impuestos por la extorsión, el secuestro, la prostitución, el tráfico de personas… todas las actividades ilegales que llenan los bolsillos de los delincuentes. Las convertimos en fuentes de ingresos para sanidad, educación e infraestructuras. Esto no es sólo una campaña, es una revolución para el pueblo. Una campaña para recuperar lo que les han robado. Estoy trabajando en una franquicia de burdeles que aportan el 10% de sus ingresos a madres necesitadas.

—¿Así que propones aplicar impuestos a los crímenes que han destrozado este país y llamarlo progreso? —preguntó Jean-Pierre, alzando una ceja.

—No —respondió Muskcobar, con voz firme—. Propongo controlarlos. Regularlos. Acabar con el caos. ¿Qué es mejor: un mercado negro que prospera en la sombra o un sistema que beneficia a la nación? La gente verá la diferencia cuando sus hijos tengan escuelas, cuando sus calles tengan luz, cuando sus hospitales puedan realmente salvar vidas del ciudadano medio y gastar menos recursos en víctimas de tiroteos.

—He oído que querías aplicar impuestos a los selfies e imponer un permiso para tener hijos cuando eras presidente de América. Sigo tus pasos.

Jean-Pierre se reclinó en la silla y sus pensamientos se arremolinaron. La visión de Muskcobar era innegablemente audaz, incluso revolucionaria. Pero los riesgos eran enormes y los enemigos formidables.

—Harás enemigos —dijo en voz baja.

Muskcobar soltó una risita seca, con una sonrisa teñida de sombría determinación.

—Ya los he hecho —dijo—. Pero no se trata de poder, Jean-Pierre. Se trata del legado. Quiero ser el Bolívar de nuestro tiempo, el hombre que transformó Colombia para siempre.

—¿El Bukele de Sudamérica? —sugirió Jean-Pierre.

—Mucho más que eso.

Jean-Pierre permaneció largo rato en silencio, estudiando al hombre que tenía delante. La pasión de Muskcobar era innegable, pero también lo era el peligro que entrañaba.

—¿Y qué pasa si fallas? —preguntó finalmente.

—No voy a fallar —respondió Muskcobar, su tono no dejaba lugar a dudas—. Porque el fracaso no es una opción cuando está en juego el futuro de una nación.

Por primera vez, Jean-Pierre se permitió preguntarse: ¿Podría realmente funcionar? ¿Podría este hombre, con todos sus defectos, traer realmente el cambio que Colombia necesitaba tan desesperadamente? Las respuestas no estaban claras, pero una cosa era cierta: acababa convertirse en parte de algo mucho más grande de lo que jamás había imaginado.

CAMPAÑA Y VICTORIA

La campaña se extendió por Colombia como un maremoto. El lema de Muskcobar, "Hagamos a Antioquia grande de nuevo", no era sólo un eslogan, era un grito de guerra que resonó en todo el país. Las plazas de los pueblos se llenaron de rostros esperanzados, muchos de ellos con carteles improvisados con su nombre. En las aldeas rurales, donde las carreteras no eran más que caminos de tierra y la electricidad era esporádica, el equipo de Muskcobar distribuyó octavillas prometiendo escuelas, agua potable y carreteras asfaltadas. En las bulliciosas ciudades, sus mítines se convertían en espectáculos, con música, pancartas y el propio Muskcobar dominando el escenario con la soltura de un artista experimentado.

—Colombia ha sido desangrada durante décadas —declaró Muskcobar en un mitin en Medellín—. Hemos sufrido la corrupción, el crimen y las promesas incumplidas. Se acabó. Es hora de recuperar nuestro futuro.

La multitud rugía, los gritos de "¡Muskcobar! ¡Muskcobar!" resonaban como truenos. Su carisma era magnético, sus promesas lo bastante audaces como para encender la esperanza en una población agotada por la desesperanza.

EL ESTRATEGA ENTRE BASTIDORES

Mientras Muskcobar cautivaba a las masas, Jean-Pierre trabajaba en la sombra, elaborando puntos políticos y atenuando la encendida retórica de Muskcobar con soluciones prácticas. Se dedicaban a revisar documentos hasta altas horas de la noche, y sus discusiones solían estar marcadas por intensos debates.

—Muskcobar —dijo Jean-Pierre durante una de esas sesiones, deslizando un borrador de discurso por la mesa—. Si presionas demasiado con las reformas fiscales vas a alejar a los votantes urbanos.

Muskcobar hojeó el papel y negó con la cabeza.

—No, Jean-Pierre. Necesitan oír la verdad, no una versión suavizada de ella. No estamos aquí para jugar sobre seguro.

—Y no estamos aquí para asustarles —replicó Jean-Pierre con tono firme—. Puedes prometer cambios sin hacerles sentir como objetivos. El equilibrio es la clave.

—Bien —Muskcobar suspiró, pero cedió y asintió—. Reescríbelo. Pero mantén su esencia intacta. Esto es una revolución, no una negociación.

—¿Vas a comprar votos, preguntó Jean-Pierre?

—No, repartiremos vales que pagaremos sólo si ganamos —sonrió.

Su asociación, aunque improbable, fue innegablemente eficaz. Jean-Pierre aportó disciplina y estrategia a la energía desbordante de Muskcobar, mientras que el carisma de Muskcobar dio a la cuidadosa planificación de Jean-Pierre la fuerza que necesitaba para resonar entre el público.

NOCHE ELECTORAL

Cuando se anunciaron los resultados, Colombia estalló. En Bogotá, los fuegos artificiales pintaron el cielo nocturno mientras la multitud llenaba las calles, ondeando banderas y cantando. En Antioquia, la gente bailaba en las plazas, desbordando tanto su alegría como las botellas de aguardiente que se pasaban de mano en mano.

En el centro de todo estaba Muskcobar, ahora presidente Muskcobar, en el gran balcón del Capitolio Nacional. La luz de un millar de teléfonos y cámaras iluminaba su figura triunfante mientras levantaba las manos, dando órdenes a la jubilosa multitud.

—Hoy —comenzó, con su voz retumbando a través de los altavoces—, comenzamos un nuevo capítulo para Colombia. Un capítulo de esperanza, de progreso y de unidad. Juntos construiremos una nación que honre a su gente y reclame su destino.

Los gritos de aprobación de la multitud aumentaban con cada palabra. Muskcobar se detuvo con una leve sonrisa en la comisura de los labios, dejando que los vítores lo invadieran.

UNA REFLEXIÓN TRANQUILA

Pasaron varias semanas en la cocina de la fica. Mientras Jean-Pierre observaba la transmisión en una gran pantalla de televisión, el rugido de la multitud se filtraba débilmente por la ventana, mezclándose con el aroma del *coq au vin* que se cuece a fuego lento en la estufa.

Sandra apareció en la puerta, con un vaso de vino en la mano.

—Nos estamos perdiendo las celebraciones post electorales —dijo, apoyándose despreocupadamente en el marco.

Jean-Pierre se volvió con una expresión contemplativa.

—Muskcobar no requiere mi asistencia para esa parte. Mi tarea está cumplida.

Sandra entró y dejó el vaso sobre la encimera.

—Le ayudaste a ganar. Sin ti, seguiría gritando consignas en alguna plaza polvorienta.

—Puede ser —Jean-Pierre sonrió débilmente y se volvió hacia los fogones—. Pero lo difícil no ha hecho más que empezar.

—No pareces emocionado —Inclinó la cabeza, estudiándole—. ¿Ya te arrepientes?

Él removía la olla, con movimientos deliberados.

—No me arrepiento. Sólo… es incertidumbre. Muskcobar sueña a lo grande, pero la realidad no siempre coopera.

Sandra le puso una mano en el hombro, su tacto era leve pero reconfortante.

—Has pasado por cosas peores. Y además, te has abierto camino en la historia. Eso tiene que servir para algo.

Jean-Pierre rio suavemente, emplatando el plato con precisión.

—La historia sabe mejor con mantequilla.

Sandra se echó a reír, su hacía contrapeso al lejano rugido de la multitud. Por un momento, en el calor de la cocina, Jean-Pierre se permitió una tranquila sensación de logro. Fuera, la nación celebraba el comienzo de una nueva era, una era que él había ayudado a forjar, aunque a regañadientes.

LEALTADES EN CONFLICTO

En los momentos de tranquilidad tras la cena, Sandra solía encontrarse a Jean-Pierre en la cocina, su presencia era una mezcla de consuelo y complicación.

—Lo estás haciendo bien —le dijo una noche, apoyándose en la encimera mientras él limpiaba.

—Bueno, lo suficiente para sobrevivir —respondió Jean-Pierre, con tono pesado.

La expresión de Sandra se suavizó al acercarse.

—Le has impresionado, ¿sabes? Muskcobar no confía fácilmente, pero confía en ti.

—¿Y tú? —Jean-Pierre la miró, deteniendo el movimiento de sus manos—. ¿Confías en mí?

Ella sonrió débilmente, extendiendo la mano para tocar su brazo.

—Confío en ti más de lo que he confiado en nadie en mucho tiempo.

Su conexión se profundizó en las horas robadas de la noche, sus conversaciones susurradas y silencios compartidos ofrecieron un breve respiro del caos que les rodeaba.

—Eres un artista francés —murmuró Sandra una noche, con la cabeza apoyada en su pecho—. En la cocina y en… otros lugares.

Jean-Pierre rio suavemente y le dio un beso en el pelo.

—Y tú, mi tesoro, eres una obra maestra latina.

A pesar de sus momentos de intimidad, Jean-Pierre no podía librarse del peso de su situación. Las amenazas de Muskcobar se cernían sobre él, un recordatorio constante de que su libertad, y su vida, pendían de un hilo.

CAPÍTULO 9
PROBLEMAS EN LA ISLA

LA VIDA DE SYLVIE CON LARRY

La vida de Sylvie con Larry había parecido idílica al principio. Juntos habían comprado el "The Privilege II" un catamarán elegante y moderno, y se habían lanzado a fletar viajes entre San Martín y San Bartolomé. La promesa de libertad en alta mar, el encanto de las islas exóticas y la intimidad de la aventura compartida parecían un sueño.

Pero la realidad de la vida con Larry distaba mucho de lo que Sylvie había imaginado.

Larry, que antes era un aventurero encantador y espontáneo, se había convertido en un macho dominante que trataba a Sylvie más como a una subordinada que como a una compañera. Ladraba órdenes con la autoridad de un capitán al mando de una tripulación, mientras Sylvie se pasaba el día fregando la cubierta, subiendo al mástil para desenredar las velas y arreglando el equipo. Larry, por su parte, se entregaba al ron y la marihuana, intercambiando anécdotas de navegación con sus amigos mientras la descuidaba por completo.

—Te encanta el mar, ¿verdad? —le dijo Larry una vez, riendo mientras se desperezaba en cubierta—. Bueno, a ti también te quiere, porque te hace trabajar más duro que nadie, ¡lo sé!

La frustración de Sylvie iba en aumento, y sus sueños de una vida romántica y llena de aventuras se alejaban cada vez más de su alcance. Atrapada económica y emocionalmente, se aferraba a la esperanza de que las cosas mejoraran.

SE ACERCA LA TORMENTA

Era el final de la tarde cuando Sylvie notó que el viento arreciaba. En el horizonte se vislumbraban nubes oscuras y las olas crecían siniestramente.

Estaba en cubierta, luchando por asegurar el toldo, cuando Larry subió a bordo, tan ebrio como de costumbre.

—¿Qué demonios estás haciendo? —gritó Larry; arrastrando las palabras—. No vamos a ninguna parte.

Sylvie le miró fijamente, apretando con fuerza los amarres.

—Se avecina una tormenta, Larry. Un huracán.

—¿Huracán? —Larry entrecerró los ojos en el horizonte, las olas chocando más fuerte contra el casco del "The Privilege II"—. No te fíes de los malditos reportes meteorológicos. No saben de lo que hablan.

—Este es real —replicó Sylvie—. Se llama huracán Emmanuel. Categoría cinco.

Larry la despachó con un gesto de la mano.

—Nuestro "The Privilege II" puede arreglárselas. Ahora hazme un bocadillo. Me muero de hambre.

Sylvie contuvo su rabia y se retiró a la cocina para preparar algo. Pero cuando regresó con un plato de bocadillos, el barco se balanceó violentamente y el viento chilló a través de las jarcias.

—Está empeorando —dijo, con voz temblorosa.

—¡Cállate, Sylvie! —espetó Larry, con los ojos clavados en la pantalla del ordenador, que mostraba información meteorológica actualizada—. Con un poco de suerte, el huracán Emmanuel te llevará de vuelta a Nueva York.

A Sylvie le ardían los ojos de lágrimas, pero se negaba a dejarlas caer.

LLEGA EL DESASTRE

Al caer la tarde, el huracán Emmanuel rugió con una furia implacable. El "The Privilege II" no era rival para la furia de la tormenta, se estremecía y crujía cuando las olas chocaban contra su casco. El viento aullaba como un depredador implacable, sacudiendo el catamarán hasta la médula. La enmarañada vela del mástil principal se agitaba violentamente, con un fuerte crujido que resonaba cada vez que el viento golpeaba sus bordes deshilachados.

Larry estaba en cubierta, con la cerveza en la mano, mirando el caos a su alrededor. Tenía la cara roja, ya fuera por el alcohol o por la determinación que sustituía al sentido común.

—Tengo que subir y arreglar esa maldita vela —murmuró, más para sí mismo que para Sylvie.

Sylvie, agarrada al borde de la barca para mantener el equilibrio, lo miró incrédula.

—Larry, ¿estás loco? Es demasiado peligroso.

Se volvió hacia ella bruscamente, elevando la voz por encima de la tormenta.

—¡Haz lo que te digo! Enciende los motores y levanta el ancla.

El miedo se apoderó de ella, pero obedeció, con las manos temblorosas mientras manipulaba los controles. La lluvia le azotaba la cara y le empapaba la ropa mientras se afanaba con los instrumentos. El motor se puso en marcha, con un zumbido apenas audible por encima de la tormenta ensordecedora.

Larry, por su parte, se ató el arnés, murmurando maldiciones en voz baja.

—¡Mantén el arco contra el viento! —gritó; sus palabras se esfumaron tan rápido como salieron de su boca.

Sylvie levantó la vista y se le hizo un nudo en el estómago cuando Larry comenzó su peligrosa escalada por el mástil de 18 metros. El catamarán se balanceaba violentamente, y cada ráfaga de viento amenazaba con arrojarlo al mar embravecido.

—¡Larry, por favor! Baja! —gritó ella, pero él la ignoró, con la vista fija en la enmarañada vela de arriba.

Una ola monstruosa se alzaba en la distancia, su cresta resplandecía blanca contra el cielo oscurecido. Los ojos de Sylvie se abrieron de terror.

—¡Larry! —gritó, con la voz quebrada.

La ola golpeó el "The Privilege II" con la fuerza de un tren de mercancías. El barco se tambaleó y el mástil se inclinó bajo la presión. El arnés de Larry se rompió con un chasquido seco y aterrador, y su cuerpo cayó en picada hacia la cubierta.

El sonido de su cuerpo al chocar contra la madera fue desgarrador: un golpe sordo y pesado que parecía resonar incluso por encima de la tormenta.

—¡Mi cadera! —gimió Larry, retorciéndose de dolor mientras se agarraba el costado. Tenía la cara contorsionada por la agonía y respiraba entrecortadamente—. Creo que me la he roto. ¡Maldita sea, Sylvie, ayúdame!

Sylvie corrió a su lado, con el corazón latiéndole con fuerza en el pecho.

—Larry, Dios mío… Te llevaré al muelle. Aguanta.

—Tienes que hacerlo —jadeó con voz débil—. No puedo moverme. Sólo… sácame de este maldito barco, estúpida rana.

UNA LUCHA POR LA SUPERVIVENCIA

La tormenta no tuvo piedad. El viento aullaba y la lluvia azotaba a Sylvie cuando tomaba el timón. Le temblaban las manos mientras luchaba por dirigir el catamarán hacia el muelle.

—¡Mantén la proa contra el viento! —gritó Larry, con la voz tensa por el dolor.

—Lo intento —gritó Sylvie, con los nudillos blancos al apretar el timón.

El catamarán cabeceaba violentamente, cada ola amenazaba con hacerlo zozobrar.

La inexperiencia de Sylvie y la ferocidad de la tormenta hacían casi imposible la navegación. El timón se le resistía a cada paso y el barco crujía bajo el asalto implacable de las olas.

Cuando el muelle estaba a la vista, una repentina ráfaga de viento desvió el rumbo del "The Privilege II". Sylvie apretó los dientes y tiró del timón con todas sus fuerzas para corregir la trayectoria.

—¡Contrólate, eres estúpida Sylvie! —gritó Larry a través del caos—. ¡Ya casi llegamos!

Pero la tormenta tenía otros planes. Otra enorme ola golpeó el costado del barco, desequilibrando a Sylvie.

El "The Privilege II" se dirigió hacia el muelle, la estructura de fibra de carbono se acercaba a una velocidad aterradora.

—¡Más despacio! Te vas a estrellar! —gritó Larry, con la cara pálida de miedo.

—¡No puedo! —gritó Sylvie, con el pánico inundando su voz.

El casco del "The Privilege II" chocó contra el muelle con un crujido ensordecedor. Las fibras de carbono y los restos de madera se astillaron y el barco se balanceó violentamente, a punto de volcar.

Sylvie fue arrojada contra el timón y se quedó sin aliento al golpear los controles. El agua saltó sobre la cubierta e inundó la cabina.

RESCATE Y PÉRDIDA

El sonido de las voces atravesó la tormenta. Los marineros en tierra se habían apresurado al muelle, desafiando a los elementos para ayudar. Lanzaron cuerdas al "The Privilege II" y extendieron las manos para estabilizar el maltrecho catamarán.

—¡Ayúdenlo! —gritó Sylvie, señalando a Larry, que estaba desplomado contra la barandilla, agarrándose el costado.

Con heroicos esfuerzos, los marineros consiguieron subir a Larry a una camilla improvisada. Sus gemidos de dolor fueron casi ahogados por la tormenta mientras lo llevaban hacia la ambulancia que lo esperaba.

—¡Cuidado! —gritó Sylvie tras ellos, con la voz entrecortada.

Mientras la ambulancia se adentraba en la noche, Sylvie permanecía en el muelle, empapada y temblorosa. El "The Privilege II" se balanceaba precariamente, con el casco muy dañado y el agua acumulándose en la bodega.

La furia del huracán aún no había cesado y Sylvie no podía evitar la sensación de que lo peor estaba por llegar.

LA IRA DEL HURACÁN EMMANUEL

Al otro lado de la isla, el huracán Emmanuel arrasó San Martín con una fuerza implacable.

En el restaurante infantil de Grand Case, *Jacqueline et Patrick,* estaban paralizados por el miedo, soplaban vientos intensos que golpeaban con fuerza las paredes y hacían que se rompieran las ventanas. El agua entró en el comedor, arrastrando sillas, mesas y los instrumentos de la banda de tambores de acero.

Patrick gritó por encima del caos:

—¡Jacqueline, ponte detrás del mostrador! Ahora!

—Patrick, el techo… —Jacqueline le agarró del brazo.

Antes de que pudiera terminar, parte del techo se derrumbó con un estruendo ensordecedor. Patrick la protegió, con el corazón latiéndole con fuerza mientras los escombros llovían a su alrededor.

Cuando pasó el ojo del huracán, se hizo un silencio espeluznante en el restaurante. Los hermanos intercambiaron una mirada, ambos sabían que lo peor estaba por llegar. Cuando la tormenta se levantó de nuevo, fue implacable, terminando lo que había empezado.

Al amanecer, *Jacqueline et Patrick* era un cascarón hueco, su vibrante encanto había sido reducido a escombros.

VOLVER A LAS RUINAS

Diez días después de la tormenta, Sylvie empujó a Larry de vuelta al puerto deportivo. Tenía la pierna enyesada. El aire estaba cargado de olor a sal y destrucción.

El otrora bullicioso muelle era ahora un cementerio de barcos rotos y escombros esparcidos. Mástiles destrozados sobresalían del agua como restos esqueléticos y las pocas embarcaciones que habían sobrevivido estaban irreconocibles.

Sylvie se detuvo bruscamente en el embarcadero donde había estado amarrado el "The Privilege II", con el estómago retorciéndose de miedo.

El barco había desaparecido.

—No —susurró ella, con voz temblorosa—. No puede ser…

—¿Qué demonios? —Larry torció el cuello y su rostro se ensombreció de rabia—. ¿Dónde está el catamarán?

Sylvie se acercó y escrutó el agua con desesperación. Las cuerdas deshilachadas que una vez ataron al "The Privilege II" colgaban inútilmente.

—Tal vez se soltó —sugirió débilmente.

—¿Se soltó? —ladró Larry—. ¡Alguien lo robó, Sylvie! ¡Todo lo que teníamos estaba en ese barco!

Sylvie se mordió el labio, conteniendo las lágrimas. La devastación causada por el huracán Emmanuel ya se había llevado mucho, y ahora parecía que incluso sus sueños habían sido barridos.

UN SUEÑO ARRUINADO

En Grand Case, Patrick y Jacqueline estaban entre las ruinas de su restaurante. El sol, irónicamente brillante, revelaba toda la magnitud de la ira del huracán. Metales retorcidos, cristales rotos y muebles empapados cubrían el lugar.

Patrick recogió un trozo de escombro, con expresión sombría.

—Ya no está —dijo en voz baja.

—Reconstruiremos, Patrick —dijo Jacqueline con voz temblorosa y le puso una mano en el hombro—. De alguna manera, lo volveremos a construir.

—Tenemos que hacerlo —La mandíbula de Patrick se tensó, su determinación se endureció—. Es lo que papá esperaría de nosotros.

CAPÍTULO 10
HORMIGAS CULONAS

ÉXODO DE LA TORMENTA

La mañana siguiente al huracán Emmanuel fue un cruel despertar. San Martín, antaño una joya del Caribe, parece ahora una zona de guerra. Las calles yacen en ruinas, cubiertas de escombros. Palmeras caídas se desparraman como astillas de un rompecabezas hecho añicos, techos de zinc aplastados en montones retorcidos y fragmentos de vidrio brillan amenazadores bajo la débil luz del sol. El bullicio vibrante de la vida isleña, las risas de los turistas, el rítmico compás de la música calipso, el parloteo de los cafés junto a la playa, había desaparecido. En su lugar, perdura un inquietante silencio, sólo roto por el lejano zumbido de los helicópteros de rescate y los ocasionales lamentos de desesperación.

Jacqueline avanzaba con cautela y sus sandalias se hundían en el espeso barro. El comedor, antaño animado por el tintineo de las copas y las cálidas risas, estaba irreconocible. Las mesas y las sillas yacían en ruinas astilladas, enredadas en un amasijo de madera y metal. El suelo era un mosaico de baldosas rotas, menús empapados y hojas esparcidas.

Patrick se arrodilló junto a los escombros y tomó un trozo de pata de silla, lo agarró con fuerza, como si pudiera aferrarse a él en medio del caos. Le temblaban los hombros. Su voz, cruda por la incredulidad, salió en apenas un susurro.

—Ha desaparecido —murmura—. Todo lo que construimos… se ha ido.

Las siguientes horas las pasan salvando lo que pueden: algunas fotos, un libro de cocina y ropa seca.

Cada objeto rescatado se siente como un frágil vínculo con un pasado que ahora parece imposiblemente distante.

Cuando Jean-Pierre fue informado, inmediatamente pidió a Muskcobar que enviara uno de sus aviones para rescatarlos.

Para cuando llegó el jet privado, el sol estaba bajo en el horizonte, pintando el cielo en tonos naranjas y rosas. Un piloto severo, con gafas de aviador, les hizo señas para que suban a bordo, mientras los guardias de seguridad impedían que los desesperados curiosos se abrieran paso hasta la aeronave.

Patrick vaciló al pie de la escalerilla, con la mirada fija en los restos de la isla. Su voz apenas se oyó por encima del rugido del avión.

—Se suponía que este era nuestro futuro.

Jacqueline le tomó la mano y la apretó con firmeza.

—Nuestro futuro no está ligado a este lugar, Patrick. Está ligado a nosotros, a nuestra familia. Vamos.

El viaje a Colombia no fue nada fácil. Tras una breve parada en Curaçao para repostar, se adentraron en cielos turbulentos y la persistente furia de la tormenta hizo que el viaje fuera traicionero. Sin embargo, cuando por fin divisaron las verdes colinas de Colombia, un frágil sentimiento de esperanza comenzó a brotar.

Cuando aterrizaron en una pista oculta, Jean-Pierre los esperó con los brazos extendidos. La finca que tenía a sus espaldas, bañada por el suave resplandor del crepúsculo, contrastaba con la destrucción que habían dejado atrás: un santuario enclavado entre colinas onduladas, con sus paredes blancas intactas por el caos.

Jean-Pierre los envolvió a ambos en un fuerte abrazo, su presencia era sólida e inquebrantable.

—Ahora están a salvo —les dijo—. Superaremos esto. Juntos.

Patrick miró a su alrededor, el peso de su pérdida aún le oprimía el pecho. Pero cuando sus ojos se encontraron con los de su padre, algo cambió. La esperanza parpadeó.

Jacqueline respiró profundamente, el aire fresco de Colombia llenó sus pulmones.

—Esto no es el final —dijo con firmeza—. Es un nuevo comienzo.

—Exacto —Jean-Pierre sonrió, el orgullo brillaba en sus ojos—. Y lo haremos mejor que antes.

De pie en los escalones de la finca, con la incertidumbre aún extendiéndose ante ellos, una verdad prevalecía: se enfrentarían a lo que venga como una familia.

EN LA FINCA DE MUSKCOBAR

El jeep ascendió por un camino serpenteante, flanqueado por cafetales e imponentes palmeras, hasta llegar a la finca. La finca de Muskcobar era la viva imagen de la opulencia, con sus extensos terrenos meticulosamente cuidados. Un largo camino bordeado de farolas conducía a hasta la casa principal, una imponente estructura de madera oscura y piedra.

Patrick dejó escapar un silbido al bajar del jeep.

—Sutil —murmuró sarcásticamente.

—No empieces, Patrick —Jacqueline le dio un codazo, sus ojos escudriñando la grandeza—. Sólo pasemos por esto.

A medida que se acercaban a la entrada, los guardias abrieron las pesadas puertas de madera. En el interior, las lámparas de araña iluminaban los pisos de mármol, mientras el aire desprendía aromas de flores frescas y humo de puro.

Muskcobar les saludó con su encanto habitual, su guayabera blanca impecable y planchada. Extendió los brazos, con una sonrisa tan práctica como desarmante.

—¡Bienvenidos, bienvenidos! Los hijos de Jean-Pierre. Han tenido un buen viaje, ¿no?

Jacqueline esbozó una sonrisa cortés.

—Gracias por recibirnos, señor Muskcobar.

La mirada de Patrick se desvió hacia las paredes, donde una serie de fotografías captó su atención. Muskcobar aparecía estrechando la mano de personajes infames, capos de la droga cuyos rostros habían aparecido en innumerables titulares. Una foto especialmente llamativa lo mostraba junto a El Chapo, ambos sonriendo ante una mesa cargada de dinero y armas.

Patrick no pudo contenerse.

—Bonita decoración —dijo secamente, señalando las fotos con la cabeza.

Muskcobar siguió su mirada y soltó una risita, sin inmutarse.

—Ah, recuerdos —dijo, caminando hacia la pared—. Estos hombres fueron leyendas en su época. Defectuosos, sí, pero ¿quién de nosotros no lo es? La historia nos juzgará a todos, ¿no?

Jacqueline dio un fuerte codazo a Patrick, suplicándole con los ojos que se callara.

—Me gusta tu espíritu, Patrick —continuó Muskcobar, volviéndose hacia ellos—. Me recuerdas a tu padre. Él también era escéptico conmigo, al principio. Pero aprendió a ver el panorama completo.

—¿Y cuál es ese panorama? —Patrick enarcó una ceja.

—El de la supervivencia —La sonrisa de Muskcobar se ensanchó—. El de tomar lo que te da la vida y convertirlo en oro.

Jacqueline dio un paso al frente, con un tono diplomático.

—Hemos pasado por muchas cosas, señor Muskcobar. Sólo esperamos una oportunidad para empezar de nuevo.

—Y la tendrán —respondió Muskcobar con suavidad, haciéndoles un gesto para que le siguieran al interior de la finca—. Pero primero, discutamos los términos de ese nuevo comienzo.

PLATA O PLOMO

La cena se sirvió en una mesa que podría haber pertenecido a un palacio. Las copas de cristal brillaban bajo el cálido resplandor de una lámpara de araña, y las fuentes de plata sostenían humeantes arepas, carnes asadas y fragantes cuencos de salsa. Muskcobar sirvió vino en las copas.

Patrick y Jacqueline se sentaron rígidos, sin tocar sus platos. Jean-Pierre, sentado entre ellos, parecía encogerse en su silla, su presencia habitualmente dominante estaba opacada por el peso del momento.

Muskcobar agitó su copa de vino y estudió a los hermanos con una sonrisa inquietante.

—Me enteré de que lo han pasado mal —empezó, con voz casi compasiva—. El huracán. El restaurante. Una pena, de verdad.

Patrick se encrespó ante el tono despreocupado y apretó los dedos contra el borde de la mesa.

—Es más que una pena —espetó. Lo hemos perdido todo.

La expresión de Muskcobar no cambió. En todo caso, sus ojos brillaron con diversión.

—No sólo lo han perdido todo —dijo, dejando su copa con cuidado—. Todavía me deben.

—¿Te debemos? —Jacqueline se quedó paralizada, con el tenedor suspendido en el aire.

Jean-Pierre se movió incómodo, su rostro pálido delataba su inquietud.

—Muskcobar, sólo son adolescentes. No tienen nada que ver con esto.

—Pero son tus hijos, Jean-Pierre —Muskcobar se recostó en su silla y su sonrisa se ensanchó—. Y tu deuda es su deuda. Así funciona la familia.

Patrick, malhumorado, golpeó la mesa y los platos saltaron con el impacto.

—¿Qué quieres de nosotros?

—Relájate, hijo —dijo con suavidad Muskcobar, mientras reía, sin inmutarse por el arrebato. Le indicó a Patricio que volviera a sentarse—. No soy un monstruo. No quiero sangre. Quiero una oportunidad. Y creo que he encontrado la perfecta para todos nosotros.

Muskcobar se detuvo ante una foto en particular. En ella se le veía sosteniendo con orgullo una bandeja de platos humeantes, cada uno de ellos intrincadamente dispuesto.

—Esto —dijo, golpeando el cristal del marco con un dedo anillado—, es el futuro.

—¿Qué es? —preguntó Jacqueline, frunciendo el ceño con evidente confusión.

—Hormigas culonas —anunció Muskcobar, extendiendo su sonrisa—. Hormigas culonas. Un manjar en Santander. Un plato que podría revolucionar la cocina colombiana a escala mundial.

—¿Estás hablando en serio? —Patrick parpadeó y frunció las cejas.

—Completamente —respondió Muskcobar, girándose hacia la mesa—. Imagina una cadena de restaurantes que sirviera estas hormigas. Llenas de proteínas, respetuosas con el medio ambiente y lo bastante exóticas como para intrigar a los ricos y aventureros. Lo comercializamos como el mejor manjar colombiano. Los turistas acudirán en masa a probarlo.

El escepticismo de Jacqueline se reflejaba en su rostro.

—¿Quieres que administremos restaurantes... que sirvan hormigas?.

—No sólo restaurantes —dijo Muskcobar, con un tono cada vez más animado—. Un imperio. Una marca que represente el alma de Colombia. ¿Y quién mejor para liderarla que los Labaguette? Su apellido ya está asociado al privilegio culinario. Combina eso con mi visión, y seremos imparables.

Jean-Pierre finalmente habló, con la voz ronca.

—¿Y si se niegan?

La actitud de Muskcobar se volvió gélida, y la sala se puso notablemente tensa.

—La negativa no es una opción, Jean-Pierre. Ya lo sabes —Se inclinó hacia delante y su voz se convirtió en un escalofriante susurro—. Plata o plomo. Plata o plomo. Ustedes eligen.

Patrick se levantó bruscamente y su silla chocó contra el suelo.

—Eres injusto —dijo, con voz baja pero furiosa.

Jacqueline le agarró del brazo con fuerza.

—Patrick, siéntate —le dijo con urgencia, con ojos suplicantes.

Muskcobar los observó a ambos, recuperando la sonrisa y enderezando la postura.

—Esto no es un castigo —dijo, retomando un tono ligero—. Es una colaboración. Una que nos beneficia a todos. Ustedes podrán reconstruirse, resurgir de las cenizas de tu pérdida. Y yo puedo crear algo extraordinario.

Jean-Pierre suspiró pesadamente, frotándose las sienes.

—¿Vas a financiar este… proyecto?

—Completamente —confirmó Muskcobar, extendiendo las manos—. Sin préstamos, sin intereses. Sólo lealtad y trabajo duro.

Jacqueline intercambió una mirada con Patrick. Su voz era suave pero decidida.

—Lo haremos. Por ahora.

—¡Bien! —Muskcobar sonrió y aplaudió—. Sabía que entrarían en razón. Ahora, brindemos por nuestro futuro éxito.

Los hermanos alzaron sus copas con vacilación, mientras el peso de su decisión se cernía sobre ellos como una nube de tormenta.

Mientras Muskcobar sonreía y hablaba de grandes planes, Patrick se inclinó hacia Jacqueline, susurrando en voz baja.

—Esto no ha terminado.

—Ni cerca —murmuró Jacqueline, asintiendo sutilmente, con sus ojos fijos en su nuevo benefactor.

EL ACUERDO

La luz del sol matutino se filtraba a través de las finas cortinas de la habitación que compartían, proyectando rayas de luz sobre los muebles desgastados. Patrick se paseaba cerca de la ventana, con movimientos inquietos y una frustración palpable.

—Esto es ridículo —murmuró pasándose una mano por el pelo—. Quiere que vendamos bichos. ¡Bichos, Jacqueline! Y si no lo hacemos, estamos muertos.

Jacqueline se sentó en el borde de la cama con las piernas cruzadas y los brazos alrededor de las rodillas.

—No se trata sólo de nosotros, Patrick —dijo, con voz tranquila pero firme—. Si nos negamos, papá también pagará el precio. Ya sabes cómo funcionan las cosas con Muskcobar.

Jean-Pierre estaba sentado en una silla desvencijada en un rincón, con las manos apretadas en el regazo. Su presencia, normalmente imponente, se veía eclipsada por el peso de la situación. Se aclaró la garganta, llamando su atención.

—El plan de Muskcobar —comenzó, con voz firme—, es arriesgado, sí. Pero no carece de mérito. Las hormigas culonas no son sólo insectos. Aquí son un manjar, forman parte de la cultura colombiana. Si enfocamos esto de la manera correcta, podría funcionar.

Patrick dejó de caminar y se volvió hacia su padre. Sus ojos ardían de escepticismo.

—¿De verdad crees eso, papá? ¿Podemos convertir las hormigas en un negocio?

Jean-Pierre se enfrentó a la intensa mirada de su hijo sin inmutarse.

—Creo que no tenemos elección. Y creo que si vamos a hacer esto, tenemos que hacerlo juntos. Somos más fuertes como familia.

Jacqueline suspiró y apoyó la barbilla en las rodillas.

—Está bien —dijo en voz baja—. Pero si vamos a vender hormigas, vamos a hacer que sepan a gloria. Vamos a elevarlas. Calidad de estrella Michelin.

Patrick negó con la cabeza, una risa amarga escapó de sus labios.

—Estupendo. Hormigas que cuestan tanto como el caviar. Suena como un sueño.

—Sarcasmo aparte, esa es la idea —Jacqueline arqueó una ceja—. No vendemos sólo hormigas. Vendemos una experiencia, algo tan exclusivo, tan lujoso, que la gente pagará mucho dinero sólo por decir que lo ha probado.

Jean-Pierre sonrió débilmente, asintiendo al razonamiento de su hija.

—Tiene razón. Si tratamos esto como una broma, fracasaremos. Pero si lo afrontamos con la misma pasión y precisión que ponemos en nuestro restaurante, podemos triunfar.

Patrick suspiró pesadamente, frotándose la nuca. Se apoyó contra la pared y su frustración dio paso a una reacia determinación.

—De acuerdo. Hagámoslo. Pero juro que si Muskcobar sugiere disfraces de insecto, me retiro.

Jean-Pierre soltó una risita suave y la tensión en la habitación se relajó por primera vez.

—Nada de disfraces, Patrick. Sólo trabajo duro e ingenio.

—Y tal vez algunas recetas secretas —Jacqueline sonrió y dejó caer los brazos—. Haremos irresistibles a esas hormigas.

—De acuerdo. Trato hecho —Patrick puso los ojos en blanco, pero no pudo reprimir una pequeña sonrisa—. Pero no voy a tocar ninguna viva.

Jean-Pierre se levantó de la silla y recuperó parte de su antigua fuerza. Miró a sus hijos, con orgullo y determinación brillando en sus ojos.

—Entonces está decidido. Nos enfrentamos a este desafío. Como una familia.

Permanecieron juntos, un frente unido ante las adversidades. El camino por delante era incierto, pero por primera vez en semanas, la esperanza parpadeaba en los rincones de sus mentes.

EL PRIMER PASO

Con el respaldo de Muskcobar, la familia Labaguette empezó a sentar las bases de la nueva empresa. Se instalaron cocinas de prueba en Bogotá, donde Jean-Pierre y sus hijos experimentaron con recetas. Asaron las hormigas con especias, las maridaron con salsas gourmet e incluso las incorporaron a los postres.

A pesar de lo extraño del concepto, los resultados fueron sorprendentemente buenos.

—¿Quién iba a decir que las hormigas sabrían tan bien? —admitió Patrick una noche, mordiendo una crujiente hormiga asada.

—Tal vez Muskcobar no está tan loco como parece —dijo Jacqueline, sonriendo con satisfacción.

Jean-Pierre, viendo a sus hijos trabajar codo con codo, se permitió un raro momento de esperanza. Habían perdido mucho, pero quizá este nuevo y extraño capítulo pudiera ser el comienzo de algo extraordinario.

CAPÍTULO 11
EL REGRESO DE SYLVIE

SYLVIE REGRESA

El sol se ocultaba sobre la extensa finca, proyectando largas sombras sobre el cuidado césped y las paredes encaladas. Jean-Pierre estaba en la cocina, limpiando la encimera después de preparar la cena de Muskcobar. El sonido de las cigarras llenaba el aire, mezclándose con el lejano zumbido del generador.

Mientras alcanzaba una toalla, le llamó la atención un movimiento cerca de las puertas. Una figura familiar subía por el largo sendero de tierra que conducía a la casa, acompañada por dos guardaespaldas. Jean-Pierre entrecerró los ojos y el corazón le dio un vuelco al reconocerla.

—¿Sylvie? —susurró, dejando caer la toalla.

Avanzaba lentamente, con pasos pesados por el cansancio. El polvo se pegaba a su vestido, que tenía el dobladillo rasgado, y sus tacones, antes pulidos, estaban rayados y llenos de barro. Su pelo, normalmente impecable, caía sobre su cara y su expresión era una mezcla de desesperación y alivio.

Jean-Pierre salió corriendo de la cocina, con el corazón latiéndole con fuerza al llegar al patio. Sylvie se detuvo al verle, con los hombros caídos como si las últimas fuerzas le hubieran abandonado.

—Jean-Pierre —dijo, con la voz entrecortada.

—Sylvie —respondió él, acortando la distancia que los separaba. Le tendió la mano, temblorosa, hacia su cara—. ¿Qué ha pasado? ¿Por qué estás aquí?

Se le llenaron los ojos de lágrimas y negó con la cabeza.

—Lo he perdido todo, Jean-Pierre. El barco, el dinero… todo. No tenía adónde ir.

Jean-Pierre la abrazó con fuerza y apoyó la barbilla en su pelo polvoriento.

—No pasa nada —murmuró—. Ahora estás a salvo.

—No sabía adónde ir. —Se aferró a él, con el cuerpo tembloroso—. Caminé durante horas. Simplemente… no podía parar.

Jean-Pierre dio un paso atrás, con las manos aún sobre los hombros de ella.

—Ahora estás aquí, y eso es lo que importa. Vamos a limpiarte. Te presento a Sandra, es mi amiga y me ha ayudado mucho.

Sylvie la miraba bien arreglada y con un maquillaje impecable, se sentía indigna vieja y agotada. Sandra la tomó del brazo.

—Amiga deja que te ponga ropa nueva y te refresque. Estás preciosa.

ADAPTÁNDOSE

Sylvie pasó su primera noche en la finca en la modesta habitación de invitados que Jean-Pierre había preparado. La habitación estaba limpia pero era sencilla, con una cama individual, un armario de madera y una pequeña ventana que daba a la vasta extensión de la finca de Muskcobar. Se sentó en el borde de la cama, mirando su reflejo en el pequeño espejo agrietado de la pared. Tenía el rostro demacrado y los ojos ensombrecidos por el cansancio y la pérdida.

Jean-Pierre llamó suavemente antes de entrar, llevando una bandeja con una comida sencilla: pan fresco, verduras a la parrilla y un vaso de agua.

—Tienes que comer —dijo con delicadeza, colocando la bandeja en la mesita junto a la ventana.

Sylvie le dedicó una leve sonrisa.

—¿Sigues cuidando de mí después de todo este tiempo?

Jean-Pierre se encogió de hombros, sentándose frente a ella.

—¿Qué más se puede hacer? Ya has sufrido bastante.

Sylvie tomó el pan y arrancó un trozo.

—Este lugar —dijo, señalando vagamente hacia la ventana—, es una jaula de oro, ¿verdad?

—Nos mantiene vivos. Por ahora —asintió Jean-Pierre.

Ella lo observó un momento y su mirada se suavizó.

—Has cambiado, Jean-Pierre. Pareces… mayor. Más sabio.

Se rio entre dientes, sacudiendo la cabeza.

—Acabo de aprender a sobrevivir y estoy enamorado de Sandra.

LA SEDUCCIÓN

A la mañana siguiente, Sylvie se aventuró en la finca, con pasos tentativos pero decididos. La finca era un opulento laberinto de patios, fuentes y cuidados jardines. Muskcobar estaba en la terraza, recostado en una silla bañada por el sol, con un puro en la mano y un vaso de ron sobre la mesa.

Sylvie se acercó con elegancia deliberada, su vestido prestado ondeando suavemente a su alrededor, su perfume exhalando seducción.

—Buenos días —dijo, con voz ligera pero segura.

Muskcobar se giró y la miró con ojos penetrantes. Una lenta sonrisa se dibujó en su rostro.

—Ah, Sylvie. Jean-Pierre me dijo que te quedarías con nosotros. Bienvenida.

Se sentó frente a él, cruzando las manos cuidadosamente sobre su regazo.

—Gracias, señor Presidente, esta finca… es preciosa.

Hizo un gesto amplio, con el puro soltando humo por el aire.

—Es un refugio. Un lugar donde no llega el ruido del mundo, donde puedo relajarme de mis obligaciones políticas.

—Y, sin embargo, pareces un hombre que se nutre de la acción —Sylvie ladeó la cabeza, con una sonrisa coqueta.

Muskcobar rio entre dientes, inclinándose ligeramente hacia delante.

—Perspicaz. Eso me gusta. ¿Y tú, Sylvie? ¿Qué te trae a mi pequeño rincón del paraíso?

Ella lo miró y su expresión se suavizó.

—No tenía adónde ir. El huracán se lo llevó todo. Pero Jean-Pierre… siempre ha sido mi ancla.

—Jean-Pierre es un buen hombre —dijo Muskcobar, con un tono cálido, pero cargado de curiosidad—. Pero tú... tú pareces alguien que sabe navegar tormentas.

—He tenido mi ración de ellas —Sylvie se acercó más y bajó un poco la voz—. Pero he aprendido que a veces no basta con sobrevivir la tormenta. A veces, hay que tomar el control del barco.

—Ya veo por qué Jean-Pierre habla tan bien de ti —La sonrisa de Muskcobar se ensanchó.

—Y puedo ver por qué te es tan leal —dijo Sylvie, mientras sus dedos trazaban el borde de la mesa.

Muskcobar le sirvió a Sylvie un vaso de aguardiente con movimientos suaves y pausados.

—Dime, Sylvie —le dijo, entregándole el vaso—, ¿qué esperas encontrar aquí? Seguro que no estás siguiendo la sombra de Jean-Pierre.

Sylvie cogió el vaso y sus dedos rozaron brevemente los de él.

—No estoy buscando nada —respondió, dando vueltas al líquido ámbar, pensativa—. Pero a veces, cuando dejas de buscar, es cuando encuentras exactamente lo que necesitas.

—¿Y qué es lo que necesitas? —La sonrisa de Muskcobar se volvió lobuna.

Sylvie se llevó el vaso a los labios y bebió un sorbo antes de mirarle.

—Un nuevo comienzo. Una oportunidad para reconstruir. Y tal vez... un recordatorio de que aún hay belleza y poder en mi mundo.

—Eres buena —Se rio entre dientes, reclinándose en la silla—. Jean-Pierre dijo que eras inteligente, pero no te hizo justicia, también eres muy hermosa y sensual.

Sylvie sonrió, inclinándose ligeramente hacia delante.

—La inteligencia no basta. Tú, Muskcobar, eres un hombre que ve el panorama completo. Eso requiere visión. Ambición. El tipo de ambición que no sólo reconstruye, sino que redefine.

La expresión de Muskcobar cambió y su interés aumentó.

—Tienes facilidad de palabra, Sylvie. Pero la ambición... es un juego peligroso —dijo mientras le tocaba la mano.

—Sólo si juegas solo —replicó ella, con voz suave pero firme—. Pero, ¿con la pareja adecuada? Es imparable.

Por un momento, Muskcobar la estudió en silencio, el brillo juguetón de sus ojos dio paso a algo más agudo.

—No sólo eres lista. Eres audaz.

—Y tú no sólo eres poderoso —Sylvie ladeó la cabeza, sin dejar de sonreír—. Eres excepcional.

EL GANCHO

Muskcobar se inclinó hacia delante, apoyando los codos en la mesa.

—Tienes una forma única de ver el mundo, Sylvie. Dime: ¿qué harías si tuvieras verdadero poder?

Sylvie le sostuvo la mirada y sus labios se curvaron en una pequeña sonrisa de confianza.

—El poder no consiste en lo que tienes, sino en lo que puedes crear. ¿Y en este mundo? El único poder que merece la pena es el que transforma vidas.

—Continúa —Muskcobar enarcó una ceja.

—Yo empezaría por la gente —dijo con voz firme—. Dales algo real. Algo que puedan tocar, probar, en lo que puedan creer. Ya has construido un imperio. Imagínate si lo conviertes en un legado.

—Un legado. Es una palabra peligrosa —dijo Muskcobar, sentándose nuevamente con expresión pensativa.

—Pero es lo que separa a los reyes de los conquistadores —replicó Sylvie, con un tono suave pero decidido—. Y creo que tú, Muskcobar, eres más que un simple conquistador.

La risa de Muskcobar era grave y franca.

—Jean-Pierre no es el único estratega en esta casa, ¿verdad?

—A veces, la mejor estrategia es saber cuándo hablar… y cuándo escuchar —Sylvie sonrió con satisfacción, terminando su bebida.

AMBICIÓN DESATADA

Esa misma noche, Muskcobar llamó a Jean-Pierre a su estudio. La gran sala, tenuemente iluminada por el cálido resplandor de una única lámpara de araña, olía a ron añejo y a puros caros. En el exterior, la finca estaba en silencio, y la espesa noche colombiana se cernía sobre ella como un velo.

Jean-Pierre entró con cautela, sintiendo ya el peso de la conversación que estaba a punto de comenzar. Muskcobar estaba de pie junto al enorme escritorio de roble, dando vueltas a un vaso de ron, con expresión indescifrable.

—Me llamaste —dijo Jean-Pierre, tomando asiento sin esperar invitación.

—Sí. He estado pensando… —Muskcobar sonrió con satisfacción y dejó el vaso en el suelo.

—Eso siempre es peligroso —Jean-Pierre exhaló bruscamente.

Muskcobar rio y bebió un sorbo lentamente antes de continuar.

—Ganar la presidencia fue la parte fácil. Ahora viene el trabajo de verdad.

—Ahora tienes el poder, Muskcobar. ¿Qué más quieres? —Los ojos de Jean-Pierre se entrecerraron.

El narcotraficante reconvertido en presidente se inclinó hacia delante con las manos juntas.

—Quiero hacer lo que ningún líder antes que yo ha tenido el valor de hacer. Quiero aplicar impuestos a todo ahora.

—¿A todo? —Jean-Pierre frunció el ceño.

—Extorsión. Prostitución. Drogas. Corrupción. Incluso la cirugía plástica —Muskcobar sonrió—. La gente ya paga por estas cosas por debajo de la mesa. ¿Por qué no iba a beneficiarse de ello el gobierno?

Jean-Pierre se reclina en la silla y se pasa una mano por la cara.

—¿Vas a legalizar y cobra impuestos al crimen organizado?

—Colombia está construida sobre la economía informal —Muskcobar se encogió de hombros—. La única diferencia entre yo y los que me precedieron es que estoy dispuesto a reconocerlo.

Jean-Pierre suspiró.

—¿Y el pueblo? ¿De verdad crees que lo aceptarán?

—Aceptarán resultados —dijo Muskcobar con confianza—. Nuevos hospitales, mejores infraestructuras, una economía que no esté siendo drenada por la hipocresía —Enarcó una ceja—. Me llamarán revolucionario.

—¿Y Venezuela? —Jean-Pierre vaciló—. ¿Dónde encaja en tu "revolución"?

Muskcobar soltó una risita y volvió a llenar su vaso.

—Enviamos beepers a Maduro.

—¿Beepers? —Jean-Pierre parpadeó.

—Beepers —repitió Muskcobar, con una sonrisa de oreja a oreja—. Igual que hicieron los israelíes. Nos modernizamos mientras Maduro y su junta se pudren en su propia incompetencia. ¿Y después? —Levantó su copa—. Tomamos Venezuela. Reconstruimos la Gran Colombia.

—Estás hablando de guerra —Jean-Pierre lo estudió detenidamente.

—Hablo del destino —Muskcobar se encogió de hombros.

Jean-Pierre exhaló lentamente.

—Y quieres que haga que todo esto suene… razonable.

Muskcobar se recostó, con una sonrisa imperturbable.

—Por eso estás aquí, *mon ami*. Escríbeme un discurso que haga creer al mundo en lo imposible.

UNA PROPUESTA PELIGROSA

Jean-Pierre permaneció largo rato en silencio, mirando fijamente a Muskcobar como si buscara algún rastro de vacilación, alguna señal de que aquello no era más que una bravuconada. Pero la mirada de Muskcobar era inquebrantable y su confianza era absoluta.

—¿Te das cuenta de lo que estás diciendo? —Jean-Pierre finalmente habló, con voz baja y cuidadosa—. Esto no es sólo una reforma económica. Esto es reescribir las reglas del poder. Si vas por este camino, no hay vuelta atrás.

Muskcobar se inclinó hacia delante, apoyando los antebrazos en el escritorio.

—Nunca he dado marcha atrás, Jean-Pierre. Ni una sola vez en mi vida.

Jean-Pierre tamborileó con los dedos en el reposabrazos de la silla, con la mente acelerada.

—¿Crees que puedes entrar en Venezuela y reclamarla como tuya?

—No se trata de entrar bailando —Muskcobar sonrió satisfecho—. Se trata de elaborar estrategias. Controlar el flujo de recursos, infiltrar sus instituciones, poner a su propia gente en su contra. La casa de Maduro ya se está desmoronando. Sólo tenemos que empujar el último ladrillo.

Jean-Pierre negó con la cabeza, más por incredulidad que por desacuerdo.

—¿Y esperas que ponga esta locura en palabras que no hagan entrar en pánico al mundo?

—Espero que hagas lo que mejor sabes hacer —dijo Muskcobar con suavidad, levantando su copa—. Crea una visión. Inspira. Convence. Del mismo modo que hiciste creer a un grupo de criminales que merecían una comida de estrella Michelin, harás creer a todo un país que yo soy su futuro.

Los labios de Jean-Pierre se apretaron en una fina línea.

—Sabes que esto te pondrá una diana en la espalda.

—Jean-Pierre, nací con una diana en la espalda —Muskcobar soltó una risa corta y seca.

Jean-Pierre inspiró profundamente, sintiendo el peso de lo que Muskcobar le pedía que hiciera. No se trataba sólo de escribir un discurso. Se trataba de vender un imperio, de legitimar una dinastía criminal bajo el disfraz del gobierno. Si Muskcobar tenía éxito, no sólo sería el presidente de Colombia, sino el arquitecto de un nuevo orden mundial.

—Si hago esto, si te doy las palabras que necesitas, tienes que prometerme una cosa —dijo Jean-Pierre inclinándose hacia delante, con voz tranquila pero firme.

—¿Y qué sería? —Muskcobar enarcó una ceja.

Los dedos de Jean-Pierre se aferraron al reposabrazos.

—Que cuando llegue el momento, cuando ya tengas todo lo que quieras… sepas cuándo parar.

Muskcobar lo estudió un momento antes de que una lenta sonrisa se dibujara en su rostro.

—Oh, Jean-Pierre —dijo, sacudiendo la cabeza—. Sigues sin entenderlo, ¿verdad?

Levantó su copa en un brindis silencioso, la luz parpadeante de las velas proyectaba profundas sombras sobre su rostro.

—No hay final. No hay quien me pare.

EL PESO DE LAS PALABRAS

Jean-Pierre permaneció sentado en el estudio mucho después de que Muskcobar se hubiera marchado, mirando fijamente la página en blanco que tenía ante sí. La vela del escritorio parpadeaba, proyectando sombras en las paredes. Su mente se agitaba. La visión de Muskcobar era escandalosa, incluso descabellada, pero tenía una extraña lógica.

Un gobierno construido sobre las realidades de la delincuencia y no sobre las ilusiones de la ley. Un líder que no pretendía luchar contra la corrupción, sino abrazarla como un activo económico. Era una locura. ¿Pero no era la locura la base de toda gran revolución?

Tomó el bolígrafo y escribió:

Mis compatriotas colombianos, durante demasiado tiempo hemos vivido en la negación. Hemos construido un país sobre la hipocresía, condenando a las mismas industrias que nos sostienen. No podemos borrar el crimen, pero podemos controlarlo. No podemos eliminar el vicio, pero podemos regularlo. No podemos acabar con el hampa, pero podemos hacer que trabaje para nosotros.

Cada frase era más audaz que la anterior. Enmarcó las propuestas de Muskcobar no como concesiones a la corrupción, sino como soluciones pragmáticas. Convirtió el crimen en comercio, el vicio en industria.

¿Muskcobar quería cobrar impuestos por la extorsión? Jean-Pierre lo reformuló como "contribuciones estructuradas de seguridad". Quería legalizar el tráfico de drogas. Jean-Pierre lo presentó como "regulación comercial nacionalizada". Incluso el impuesto sobre la cirugía plástica se convirtió en un argumento poético sobre la belleza como exportación nacional.

Trabajó toda la noche, elaborando un argumento tan convincente que hasta el colombiano más escéptico se pararía a considerarlo.

Al amanecer, había creado algo aterradoramente persuasivo.

EL DISCURSO

La noche siguiente, Muskcobar reunió a sus aliados más cercanos en el gran salón de la finca. Los cigarros echaban humo, las copas tintineaban y el murmullo constante llenaba la sala. Una tensión vibrante recorría el ambiente.

Jean-Pierre estaba de pie en la cabecera de la larga mesa, con las manos apoyadas en el discurso. Muskcobar, relajado y confiado, descansaba en el otro extremo, saboreando su ron.

—Este es el discurso que definirá tu presidencia —dijo Jean-Pierre, con voz firme—. ¿Estás seguro de que estás preparado para ello?

—Nací para esto —Muskcobar sonrió.

Jean-Pierre se aclaró la garganta y empezó a leer:

Compatriotas colombianos, durante demasiado tiempo hemos permitido que las sombras dicten nuestro futuro. La corrupción, el crimen y la pobreza han echado raíces en nuestro suelo. Pero hoy me presento ante ustedes con una visión: la visión de una Colombia que convierta sus mayores desafíos en sus mayores fortalezas.

Durante décadas, nuestros dirigentes han librado guerras que no pueden ganar. Han ilegalizado lo que no se puede borrar. Pero la verdad es simple: la economía sumergida es la economía real. Y en lugar de luchar contra ella, debemos aprovecharla. Debemos aplicarle impuestos. Debemos regularla. Debemos hacer de Colombia la primera nación que acepte el mundo tal como es, no como pretendemos que sea.

Tomaremos los miles de millones ocultos en las sombras y los sacaremos a la luz. Financiaremos hospitales, escuelas e infraestructuras con la misma riqueza que otros quemarían. No destruiremos nuestras industrias, las poseeremos.

El silencio se apoderó de la sala. Incluso los más escépticos parecían cautivados, como si Muskcobar estuviera ya ante una multitud de miles de personas.

Entonces, lentamente, Muskcobar empezó a aplaudir.

—Brillante, Jean-Pierre. Absolutamente brillante.

Desde la esquina, la voz de Sylvie cortó el momento como una cuchilla.

—¿Dónde te has enterado de todos estos impuestos, Muskcobar? ¿Extorsión, prostitución, cirugía plástica? —Ladeó la cabeza, sus ojos brillaban de diversión—.Suena sospechosamente… francés.

Muskcobar suelta una sonora carcajada.

—Los franceses saben monetizarlo todo, ¿verdad, Jean-Pierre? —Sonríe y levanta la copa—. Puede que haya aprendido un par de cosas de ustedes.

Jean-Pierre no respondió, se limitó a dar un lento sorbo a su bebida.

Muskcobar aún no se había dado cuenta. Pero este discurso no sólo definiría su presidencia.

Sellaría su destino.

LA CAÍDA

En la oposición política, generales del ejército, capos de la droga, traficantes de personas y propietarios de tierras habían planeado deshacerse de Muskcobar.

Una bomba en su auto, un cohete en su casa, envenenar su comida... todo había sido considerado, pero la decisión final fue un asalto a su escondite mientras estaba lejos del palacio presidencial. Mercenarios cubanos y soldados de las FARC habían sido reclutados a toda prisa e infiltrados en los alrededores de la finca, eliminando a los guardias de Muskcobar uno a uno.

La finca estaba inquietantemente silenciosa bajo un cielo sin luna, envuelta en una intranquila calma. Jean-Pierre estaba recostado en el despacho de Muskcobar, bebiendo un vaso de vino mientras el narcotraficante se inclinaba sobre un mapa extendido en el escritorio.

—¿Crees que vendrán por mí? —preguntó Muskcobar con voz grave.

Jean-Pierre se encoge de hombros y dejó su copa.

—Eres el presidente, ellos vendrán. La única pregunta es cuándo.

El débil ruido de los motores interrumpió la conversación. Jean-Pierre se quedó inmóvil, con la mano sobre la mesa. El sonido se hizo más fuerte, inconfundible: vehículos pesados que subían por el camino de entrada.

Muskcobar levantó la cabeza.

—Madre de Dios —murmuró, echando mano a la pistola que tenía sobre el escritorio.

La primera explosión atravesó las puertas de la finca. Las ventanas se hicieron añicos y el aire se llenó del crepitar ensordecedor de los disparos. Jean-Pierre se puso en pie de un salto.

—Están aquí —dijo Muskcobar, su voz inquietantemente calmada a pesar del caos que estallaba a su alrededor—. Saca a tu familia. Ahora.

Jean-Pierre no dudó. Corrió por los pasillos llenos de humo, gritando:

—¡Sylvie! Sandra.

Las encontró acurrucadas cerca de la cocina, Sandra agarrando con fuerza el brazo de Sylvie. Ambas levantaron la vista, con los rostros pálidos y marcados por el miedo.

—Han venido por Muskcobar —dice Jean-Pierre, agarrando a Sylvie por los hombros—. No tenemos mucho tiempo. ¡Sigue a Sandra!

Sandra asintió; su habitual actitud desafiante fue sustituida por una cruda determinación. Sylvie se aferró a su lado, temblorosa.

—¿A dónde? —preguntó Sylvie.

—Al túnel —respondió Jean-Pierre, que ya las guiaba hacia el pasadizo oculto que Muskcobar le había mostrado meses atrás.

El aire se volvió húmedo y pesado a medida que descendían hacia la sofocante oscuridad del túnel. En la entrada, Jean-Pierre se detuvo bruscamente.

—¿Y tú? —preguntó Sylvie, con la voz aguda por el pánico.

Jean-Pierre se volvió hacia ella, con ojos suaves pero decididos.

—Me quedaré. Muskcobar necesitará que esté allí, y alguien tiene que detenerlos.

—¡No seas ridículo! —espetó Sylvie, agarrándolo del brazo—. ¡Harás que te maten!

—Sylvie, Sandra y tú tienen que sobrevivir —le dijo con tono firme y le apartó la mano con suavidad—. Eso es lo que importa ahora.

—Jean, por favor, no hagas esto. —La voz de Sandra temblaba al hablar.

Le acarició brevemente la cara, con una leve sonrisa en los labios.

—Cuídense. Estarán a salvo al otro lado.

Antes de que ninguno de las dos pudiera discutir, Jean-Pierre los guio hacia el interior del túnel y cerró la puerta tras ellas. Cuando la pesada losa encajó en su sitio, amortiguando los sonidos del caos, Sylvie apretó la frente contra la fría piedra y las lágrimas resbalaron por sus mejillas.

Detrás de la puerta, Jean-Pierre estaba de pie bajo la luz parpadeante de las llamas, agarrando un Kalashnikov, listo para enfrentarse a lo que viniera.

FUERA DE LA FINCA

Sandra se adentró en la jungla, arrastrando a Sylvie detrás de ella mientras las ramas les arañaban la piel. El sonido lejano de disparos y explosiones tronaban en la noche como una tormenta.

—¡Corre! —siseó Sandra siseó con su aguda voz cargada de urgencia.

Sylvie tropezó con una raíz y cayó de rodillas con un grito. Sandra giró sobre sí misma y la levantó de un tirón, jadeando.

—No puedo… —resolló Sylvie, agarrándose el costado.

—¡No tienes elección! —espetó Sandra, agarrándola con fuerza del brazo—. ¡Sigue moviéndote!

La selva era una maraña de sombras, la tenue luz de la luna apenas atravesaba las copas de los árboles. El estruendo de otra explosión iluminó el cielo detrás de ellos, enviando un resplandor ardiente a través de los árboles.

Sylvie sollozó, sus piernas temblaban bajo su peso.

—Sandra, te estoy frenando. ¡Déjame!

—No seas ridícula —gruñó Sandra, tirando de ella hacia delante—. Saldremos de esta juntas. Sin discutir.

Una ráfaga de disparos sonó a lo lejos y Sandra se estremeció.

—¿Crees que nos seguirán?

Sandra no miró hacia atrás y apretó con más fuerza el brazo de Sylvie.

—Esperemos que estén demasiado ocupados con Muskcobar.

Otra explosión sacudió el suelo bajo sus pies y Sandra se obligó a moverse más deprisa, arrastrando a Sylvie. El aire húmedo se pegaba a su piel mientras el corazón le latía con fuerza en los oídos.

—Sólo un poco más lejos —murmuró Sandra, aunque no tenía ni idea de adónde iban—. Descansaremos cuando estemos a salvo.

Volvieron a tropezar, pero se impulsaron hacia delante, con la cara manchada de sudor y lágrimas. Detrás de ellas, la finca ardía, su resplandor era un faro de destrucción que atravesaba la oscuridad de la selva.

DE VUELTA EN LA FINCA

El tiroteo había llegado a su clímax. Los guardias de Muskcobar estaban abrumados y su número disminuía bajo el implacable asalto. El patio, antes impoluto, humeaba y el aire apestaba a pólvora y sangre.

Jean-Pierre estaba junto a Muskcobar cuando las autoridades entraron por fin en la casa principal. El señor de la droga, con el lóbulo de la oreja manchado de sangre, se apoyaba pesadamente en el escritorio.

—Han ganado —dijo Muskcobar, con una voz teñida de amarga ironía.

Jean-Pierre no respondió. Levantó las manos cuando unos agentes armados entraron en la habitación, apuntando con sus armas a los dos hombres.

Uno de ellos ladró una orden en español y Jean-Pierre la acató, poniéndose de rodillas. Muskcobar hizo lo mismo, con una mueca de dolor.

Mientras los agentes les esposaban, Muskcobar se volvió hacia Jean-Pierre con una sonrisa cansada.

—Bueno, amigo mío, parece que el mundo no estaba preparado para mí.

Jean-Pierre le miró con su rostro inescrutable.

—No, Muskcobar. No lo estaba.

Los arrastraron hasta el exterior, donde la finca era ahora una ruina humeante. Mientras el convoy blindado se adentraba en la noche, Jean-Pierre echó un último vistazo a la finca: las luces se desvanecían en la oscuridad, engullidas por la selva.

Sus pensamientos se dirigieron a Sylvie y Sandra, que corrían por el bosque, y se aferró a la frágil esperanza de que hubieran salido con vida.

CAPÍTULO 12
TIEMPO EN LA CÁRCEL

DETRÁS DE LAS BARRAS

Jean-Pierre estaba sentado en el borde de una estrecha litera, el duro colchón que tenía debajo no aliviaba el dolor de espalda. La celda estaba escasamente iluminada y sus paredes de color amarillo pálido estaban manchadas por años de abandono. Una única bombilla parpadeante proyectaba una luz inestable que hacía que el espacio resultara aún más sofocante.

Muskcobar se apoyaba perezosamente en los barrotes, con una sonrisa amplia y exasperantemente confiada. Sus dientes impecablemente blancos destacaban, en marcado contraste con la mugre que cubría todo lo demás. Era como si el encanto de Muskcobar permaneciera intacto ante la suciedad que los rodeaba, un mecanismo de defensa perfeccionado durante años de supervivencia en lugares como este. Sabía que en unos días se trasladarían a una zona más agradable.

—Bien, Jean-Pierre —dijo Muskcobar, con voz suave e imperturbable—, bienvenido a nuestro nuevo palacio.

Jean-Pierre recorrió la mugrienta celda sin impresionarse. La pintura de las paredes se descascarillaba en tiras largas y rizadas, revelando una capa más vieja y oscura debajo. En el aire flotaba un ligero olor a sudor, hormigón húmedo y algo metálico.

—Encantador —dijo con tono seco—. Una mazmorra de cinco estrellas. Sí que sabes elegirlas.

Muskcobar soltó una risita; su actitud despreocupada irritaba más a Jean-Pierre.

—Paciencia, amigo mío —sonrió Muskcobar—. Hasta los más grandes imperios tienen un origen humilde —Se enderezó y se metió las manos en los bolsillos con el aire de un hombre demasiado cómodo en su entorno.

Jean-Pierre lo miró; su irritación era evidente.

—¿Origen humilde? Esto no es una historia de éxito, Muskcobar. Esto es la cárcel. Lo contrario del éxito.

—Detalles, detalles —Muskcobar se encogió de hombros, imperturbable—. Toda gran narración necesita un giro. Llámalo… Segundo Acto.

—Eres insoportable —murmuró Jean-Pierre—, pasándose una mano por el pelo. Los mechones estaban grasientos, sin lavar tras días de encierro, y eso sólo aumentaba su creciente frustración.

—Y sin embargo —replicó Muskcobar con una sonrisa socarrona—, estás atrapado conmigo.

Jean-Pierre suspiró y se recostó contra la pared. Estudió un momento a Muskcobar, cuyo elegante traje había sido sustituido por el uniforme de presidiario que todos llevaban, aunque Muskcobar se las arreglaba para que pareciera intencionado. Su carisma, su calma, su enloquecedora negativa a reconocer la gravedad de su situación eran casi envidiables.

—Esto no te molesta en absoluto, ¿verdad? —preguntó Jean-Pierre en voz baja.

Muskcobar ladeó la cabeza, un destello indescifrable cruzó su rostro.

—¿Molestarme? No, *mon ami*. He estado en cosas peores. Esto es sólo… una sala de espera.

—¿Una sala de espera para qué? —preguntó Jean-Pierre, frunciendo el ceño.

Muskcobar se inclinó hacia él, bajando la voz en tono de conspiración.

—Para el siguiente movimiento. El rey siempre planea tres pasos por delante, amigo mío. Harías bien en recordarlo.

Jean-Pierre puso los ojos en blanco y sus labios se crisparon en un gesto de reticente diversión.

—Para que lo sepas, en el ajedrez, el rey es una de las piezas más débiles.

La risa de Muskcobar resonó en la pequeña celda, atrayendo una mirada curiosa del guardia apostado cerca.

—Ah, pero él es la única pieza en torno a la que gira el juego. No lo olvides, Jean-Pierre.

Jean-Pierre cerró los ojos un momento, dejando que las palabras de Muskcobar flotaran en el aire. El débil tintineo de las puertas de celdas lejanas al cerrarse y los murmullos apagados de otros reclusos se filtraron en el silencio. En el caos de aquel lugar, la certeza de Muskcobar era como un ancla, exasperante pero extrañamente tranquilizadora.

—Más te vale que tus "tres pasos adelante" incluyan sacarnos de aquí —dijo finalmente Jean-Pierre, con la voz teñida de sarcasmo y resignación a la vez.

—Confía en mí —respondió Muskcobar, mostrando otra de sus enloquecedoras sonrisas—. El juego apenas comienza.

SOLICITUD DEL DIRECTOR

En su tercer día entre rejas, el ruido metálico de las llaves resonó en el pasillo poco iluminado. El alcaide de la prisión, un hombre fornido con un bigote reluciente que parecía demasiado impoluto para su lúgubre entorno, entró con aire de autoridad. Sus ojos de halcón recorrieron las celdas a medida que se acercaba, deteniéndose finalmente frente al espacio compartido por Jean-Pierre y Muskcobar.

—Muskcobar —dijo el alcaide, con una voz cargada de desdén—. Veo que te estás adaptando bien a tu alojamiento.

Muskcobar se apoyó despreocupadamente en la pared, con la sonrisa que le caracteriza.

—Es acogedor. Aunque el ambiente podría mejorar un poco. ¿Un toque de color, quizá? ¿Una planta de interior?

El alcaide ignoró el comentario y dirigió su atención a Jean-Pierre. Su tono se hizo más agudo.

—Y usted debe ser el infame chef Labaguette. Un presidente convertido en huésped de la cárcel. Vaya currículum.

Jean-Pierre se levantó de la litera, con expresión tranquila pero firme.

—Fui chef antes que presidente, y seguiré siéndolo mucho después de dejar este lugar. ¿Tiene algún sentido esta visita, o sólo está aquí para saborear la ironía?

El bigote del alcaide se crispó ligeramente, delatando una chispa de irritación.

—En realidad, necesito tu ayuda. El personal de cocina de aquí es incompetente, y he oído rumores de su… destreza culinaria.

—¡Jean-Pierre, el nuevo chef con estrellas Michelin de la prisión! —Muskcobar suelta una carcajada—. Esto tengo que verlo.

—Bien. Enséñame tu supuesta cocina —dijo Jean-Pierre suspirando, su paciencia ya se estaba agotando.

El alcaide le condujo por un estrecho pasillo hasta una habitación mugrienta y caótica que apenas merecía el título de cocina. Las encimeras grasientas mostraban las cicatrices del abandono, las ollas y sartenes estaban desordenadas y una nube densa de humo de cigarrillo impregnaba el aire.

Jean-Pierre tomó un cucharón oxidado, con la mandíbula apretada mientras observaba el lugar.

—¿Esto es con lo que quieres que trabaje?

El alcaide se encogió de hombros, imperturbable.

—Es una prisión, no un resort de cinco estrellas. Haz lo que puedas.

Jean-Pierre se giró hacia el variopinto personal de cocina: reclusos apáticos que estaban más interesados en sus cigarrillos que en sus deberes, dio una palmada brusca:

—Muy bien, ¡escuchen! Si vamos a hacer esto, lo haremos bien. Tú friega esos mostradores hasta que brillen. Tú pela todas las papas que veas. Y que alguien me busque hierbas. Cualquier cosa verde que no sea moho.

Un recluso delgado se apoyó en la pared y sonrió satisfecho.

—¿Qué es esto, un spa? ¿Crees que estamos de vacaciones?

Los ojos de Jean-Pierre se clavaron en el hombre con una mirada tan gélida que podría congelar el agua hirviendo.

—No, esto es una cocina . Y si no te mueves ahora, serás el ingrediente principal de la sopa de esta noche.

La sala quedó en silencio, salvo por el arrastrar de pies de los reclusos, que se apresuraban a seguir sus órdenes. Jean-Pierre volteó hacia el mostrador, su mente ya daba vueltas con ideas para salvar el desastre que tenía ante sí.

Detrás de él, la risa de Muskcobar resonó débilmente en el pasillo.

—Ese es mi hombre —gritó, divirtiéndose—. Convirtiendo un infierno en alta cocina.

ABOGADOS DE DÍA, ACOMPAÑANTES DE NOCHE

Aquella noche, muy tarde, Jean-Pierre y Muskcobar estaban sentados en su celda, con el aire cargado de un tenue aroma a pollo asado que, de algún modo, cortaba el siempre presente olor a desesperación. En la mesa improvisada ante ellos había una bandeja de pollo, dorado y reluciente, un milagro que Jean-Pierre había logrado a partir del lamentable estado de la cocina de la prisión.

Muskcobar devoró un muslo con gusto teatral, girando los ojos hacia el cielo como si estuviera cenando en un bistró parisino.

—*Mon dieu*, amigo mío, has convertido la cocina carcelaria en una forma de arte. Gordon Ramsay lloraría.

Jean-Pierre negó con la cabeza, con una sonrisa irónica en los labios.

—No te acostumbres —murmuró, picoteando su propia ración—. No voy a abrir un restaurante aquí. Ha sido un favor puntual.

Muskcobar se recostó contra la pared, chupándose los dedos con descarado deleite.

—Ah, pero podrías, amigo mío. Imagínatelo: el "Bistró de la Prisión de Jean-Pierre". Reserva obligatoria; planes de fuga opcionales.

—Y tú serías el maître —dijo Jean-Pierre, sonriendo—, encantando a los invitados para que nos sacaran a escondidas, sin duda.

La sonrisa de Muskcobar se ensanchó, pero su tono cambió cuando se inclinó más hacia él y su voz bajó hasta convertirse en un susurro conspirativo.

—Hablando de encanto… ¿te has fijado en los visitantes que recibimos aquí?.

—¿Visitantes? —Jean-Pierre frunció el ceño, bajando el pollo.

Muskcobar enarcó una ceja, con expresión casi juguetona.

—Durante el día, son los abogados, todo trajes rígidos y prepotencia. Pero por la noche… bueno, digamos que cambia el turno. Llegan las acompañantes —Hizo una pausa y su sonrisa se volvió maliciosa—. Una rotación fascinante, ¿no crees?

—¿Acompañantes? —Jean-Pierre arqueó una ceja, intrigado a su pesar.

Muskcobar se inclinó más cerca con una sonrisa ya abiertamente diabólica ahora.

—No sé si los abogados son más putas que las prostitutas, pero sin duda son más caros y tienen menos talento.

Jean-Pierre hizo una pausa y las comisuras de sus labios se crisparon mientras luchaba contra las ganas de reír.

—Los abogados son definitivamente más caros… y con mucho menos talento.

Por un momento, las lúgubres paredes de la celda parecieron desvanecerse cuando ambos hombres estallaron en carcajadas, su alegría compartida atravesó el opresivo silencio de la prisión. El sonido resonó por el pasillo, atrayendo las miradas curiosas de los demás reclusos.

Muskcobar se secó una lágrima del rabillo del ojo y su risa se convirtió en un suspiro de satisfacción.

—Ah, Jean-Pierre, realmente eres un hombre culto. Incluso en un lugar como este, consigues encontrar el humor. Por eso sobreviviremos.

Jean-Pierre negó con la cabeza, sonriendo.

—No, Muskcobar, sobreviviremos porque eres demasiado testarudo para dejarnos fracasar. Y porque puedo sobornar a cualquiera con un buen pollo.

Muskcobar alzó su muslo de pollo en un brindis simulado.

—Por la terquedad y el pollo, nuestro boleto para salir de aquí.

Jean-Pierre chocó su tenedor con el brindis improvisado de Muskcobar, la risa persistió en el aire mientras volvían a su comida. En los lúgubres confines de su celda, el humor era su rebelión, su forma de aferrarse a su humanidad.

EL PLAN DE MUSKCOBAR

Pasaron las semanas y las habilidades culinarias de Jean-Pierre empezaron a tejer un hechizo inesperado sobre la prisión. El comedor, antaño hostil, donde reinaban la tensión y la agresividad, se había transformado en un remanso de renuente camaradería. El aroma del pollo especiado, los guisos sustanciosos y el pan recién horneado llenaba ahora el aire, sustituyendo al hedor metálico de la desesperación.

Muskcobar, siempre oportunista, se movía por la sala como un rey en el exilio, con un carisma tan magnético como apetitosa era la comida de Jean-Pierre. Se reía con los matones, compartía bromas con los solitarios e incluso conseguía ablandar a los guardianes con un plato de cordero asado estratégicamente regalado. En cada comida se formaban alianzas, y Jean-Pierre no podía evitar fijarse en la sutil orquestación de todo ello por parte de Muskcobar.

Una tarde, mientras ambos estaban sentados en su rincón habitual de la bulliciosa cafetería, Muskcobar se inclinó hacia ellos, con la voz lo bastante baja como para escapar a los oídos de los curiosos.

—Lo ves, ¿verdad? —murmuró, señalando la sala con el tenedor—. La comida es poder, Jean-Pierre. Has hecho más que cocinar. Nos has dado influencia.

Jean-Pierre, a medio morder, bajó el tenedor y lanzó a Muskcobar una mirada larga y escéptica.

—¿Influencia para qué?

La sonrisa de Muskcobar era lobuna, sus ojos brillaban con picardía.

—Influencia para convertir este lugar en mi reino.

—Lo sabía —Jean-Pierre soltó un quejido, sacudiendo la cabeza como si se lo hubiera esperado todo el tiempo—. Estás maquinando otra vez.

—Siempre —respondió Muskcobar, con las comisuras de los labios crispadas de placer. Levantó una pata de pollo en un brindis simbólico—. Pero no te preocupes, amigo mío. Todo rey necesita un consejero de confianza. ¿Y tú? Tú serás el cocinero real.

—Eres imposible. —Jean-Pierre se río a su pesar, reclinándose en su silla.

—Y, sin embargo, no puedes dejar de mirar —bromeó Muskcobar, con una sonrisa cada vez más amplia. Dio un buen bocado al pollo, con la expresión de un hombre que saborea tanto el sabor de la victoria como la propia comida.

Jean-Pierre suspiró y echó un vistazo al comedor. Las risas, la ausencia de peleas, la extraña sensación de comunidad… Muskcobar no estaba del todo equivocado. Aun así, sabía que no debía bajar la guardia.

—Sólo recuerda —dijo Jean-Pierre, señalando con el dedo a Muskcobar—, cuando tu supuesto reino se desmorone, no esperes que te saque del apuro.

Muskcobar hizo una espectacular reverencia desde su asiento, sin dejar de sonreír.

—Por supuesto que no. Ni se me ocurriría.

Pero el brillo de sus ojos le decía lo contrario a Jean-Pierre, que no sabía si reírse o prepararse para el caos que Muskcobar estaba a punto de desencadenar.

CAPÍTULO 13

LA ESCAPADA

EL PLAN

Las paredes de la prisión vibraban con rumores. Jean-Pierre se sentó en el borde de su litera, mirando el techo agrietado mientras Muskcobar se paseaba por la habitación como una pantera inquieta.

—Nos trasladan mañana —dijo Muskcobar, con voz grave y aguda—. A otra prisión. Menos lujos. Más restricciones.

—No podemos dejar que eso ocurra —Jean-Pierre frunce el ceño.

—Exacto —respondió Muskcobar, volviéndose hacia él—. Por eso tenemos que actuar esta noche.

—Tienes un plan, supongo —Jean-Pierre suspiró, inclinándose hacia delante.

—Por supuesto —Muskcobar sonrió—. Pero implica que hagas lo que mejor sabes hacer.

—¿Cocinar? —Jean-Pierre enarcó una ceja.

—Precisamente —dijo Muskcobar, bajando la voz—. Necesitamos algo… especial. Algo que garantice que los guardias no interfieran.

La mente de Jean-Pierre se agitó mientras Muskcobar esbozaba el plan. La idea era audaz, arriesgada y rayaba en la locura. Pero era su única oportunidad.

LAS GALLETAS

Aquella noche, Jean-Pierre trabajó en la cocina de la prisión con la excusa de preparar una golosina para los guardias, un gesto de buena voluntad. Sus manos se movían con precisión, cada movimiento medido, mientras horneaba un lote de galletas con "Brugmansia", una planta rica en escopolamina conocida por su uso para incapacitar a las víctimas.

Mientras tamizaba la harina y removía la masa, Muskcobar vigilaba cerca de la puerta, con los ojos escrutando las sombras en busca de cualquier señal de problemas.

—¿Estás seguro de que esto funcionará? —susurró Muskcobar.

Jean-Pierre levantó la vista, con expresión sombría.

—Si la dosis es correcta, dormirán como bebés. Si me paso de la dosis... —No terminó la frase.

—No somos asesinos —dijo Muskcobar con firmeza.

—Exacto —Jean-Pierre asintió—. Por eso tengo cuidado. No se trata de venganza, sino de supervivencia.

Las galletas salieron del horno, doradas y con un dulce aroma que ocultaba el peligroso secreto que encerraban. Jean-Pierre las empaquetó cuidadosamente, con el corazón latiéndole con fuerza.

La siguiente parte del plan requería creatividad. Muskcobar había conseguido vestidos, pelucas y maquillaje gracias a su amplia red de favores con las damas de la noche. Jean-Pierre se quedó mirando los estridentes atuendos dispuestos sobre la cama, con evidente escepticismo.

—¿Ropa de mujer? —preguntó, mostrando un vestido de lentejuelas.

—Disfraz perfecto —dijo Muskcobar con una sonrisa de satisfacción—. Nadie va a sospechar de un par de mujeres glamurosas paseando por aquí.

Jean-Pierre se quejó.

—Estás disfrutando con esto, ¿verdad? Me recuerda a mi huida de América.

—¿En serio? —preguntó Muskcobar.

De mala gana, se ponen los trajes, y sus risas son un raro momento de ligereza en un ambiente tenso. Muskcobar se aplica colorete en las mejillas con sorprendente delicadeza, mientras Jean-Pierre se ajusta una peluca rubia rizada.

—Impresionante —dijo Muskcobar, haciendo una pose.

Jean-Pierre puso los ojos en blanco.

—Esperemos que esto funcione.

LA ESCAPADA

Cuando los guardias se reunieron en la sala de descanso aquella tarde, las galletas estaban colocadas en una bandeja de plata. Su aroma llenaba la habitación, ocultando el oscuro propósito que había detrás de su creación.

—Están elegantes estas galletas —comentó un guardia, tomando una—. ¿Quién las trajo?

Otro se encogió de hombros, mordiendo ya una galleta.

—¿Acaso importa? Son gratis y están buenas.

Muskcobar y Jean-Pierre, ocultos en las sombras, intercambiaron una tensa mirada mientras los guardias se atrincheraban. Las risas y las bromas llenaron la sala, pero los efectos no tardaron en hacerse sentir.

Un guardia se recostó en su silla, con los párpados caídos. Otro bostezaba ruidosamente, frotándose las sienes. Pronto, sus palabras se arrastraban y empezaron a desplomarse sobre la mesa, uno a uno.

Muskcobar inclinó la cabeza hacia Jean-Pierre.

—Ya es hora —susurró.

Los dos hombres salieron de su escondite, ahora vestidos con sus disfraces. Jean-Pierre tironeó de su vestido mal ajustado, murmurando:

—Con vestido y estresado, como una mujer que va a una cita.

—Concéntrate, es una cita con la libertad —dijo Muskcobar, ajustándose la peluca—. Aún no hemos salido.

Sus tacones resonaban suavemente contra el cemento mientras avanzaban por el pasillo poco iluminado. Cada sonido parecía amplificado en el tenso silencio.

Un guardia apareció por la esquina, con su cigarrillo brillando débilmente en la oscuridad. Las miró y se quitó el sombrero.

—Buenas noches, señoras.

—Buenas noches —Jean-Pierre forzó una respuesta aguda.

El guardia se acercó, el corazón de Jean-Pierre se aceleró al notar que el le acarició el trasero.

—Espero que vuelvas pronto me gusta tu culo —sonrió mostrando algún diente que le faltaba y los demás teñidos de tabaco—. Buenas noches chicas.

Una vez fuera, se apresuraron hacia un coche que les esperaba, donde uno de los contactos de Muskcobar estaba sentado al volante, escudriñando el perímetro con nerviosismo.

—Sube —siseó el conductor.

Jean-Pierre apenas tuvo tiempo de quitarse la peluca antes de que Muskcobar lo empujara al asiento trasero.

Mientras el coche se alejaba a toda velocidad de las puertas de la prisión, Muskcobar soltó una carcajada triunfal.

—La libertad nunca supo tan dulce.

Jean-Pierre miró por la ventana las luces de la prisión que desaparecían.

—Esperemos que siga siendo así.

REFUGIO SEGURO

Su destino era el restaurante infantil de Bogotá, un establecimiento modesto pero bullicioso, reconstruido con garra y determinación. Jacqueline y Patrick se quedaron atónitos cuando su padre y Muskcobar aparecieron en la entrada trasera, con la ropa desaliñada y la cara llena de maquillaje.

—¿Papá? —exclamó Jacqueline con los ojos muy abiertos.

—¿En qué te has metido esta vez? —Patrick se cruzó de brazos.

—Es una larga historia —dijo Jean-Pierre, apoyándose en la pared—. Pero por ahora, necesitamos un lugar donde escondernos.

—Siempre serás bienvenido aquí, papá. Pase lo que pase. —Jacqueline asintió y lo abrazó.

Cuando se instalaron, Muskcobar sonrió a los hermanos.

—Bonito lugar el que tienen aquí. Quizá deberíamos considerar añadir un nuevo plato al menú: "Papas fritas de la libertad".

Patrick soltó un gemido.

—Genial. Ahora tengo que lidiar con dos de ustedes.

Jean-Pierre rio suavemente, sintiendo alivio. Por primera vez en meses, sintió un rayo de esperanza.

CAPÍTULO 14
PLANES DE VIAJE

SOPESAR LAS OPCIONES

El refugio era modesto pero funcional: un pequeño apartamento escondido en las caóticas afueras de Bogotá. La pintura desconchada y los muebles desiguales denotaban una preparación apresurada, pero estaba a salvo y eso era lo único que importaba por ahora.

Muskcobar descansaba en un sofá desgastado, hojeando un atlas maltrecho. Jean-Pierre paseaba por el reducido espacio murmurando en voz baja. Patrick y Jacqueline estaban sentados en la pequeña mesa de la cocina, con un portátil encendido frente a ellos, cuya pantalla brillaba débilmente.

—Necesitamos un plan —dijo Jean-Pierre, con un tono agudo y urgente—. Un plan de verdad, no uno de tus planes improvisados, Muskcobar.

El narcotraficante rio por lo bajo y encendió un cigarrillo.

—Tranquilo, Chef. Lo resolveremos. Siempre lo hacemos.

—Esta vez no —intervino Jacqueline, con voz firme y serena—. Las autoridades nos perseguirán como animales. No puedes permitirte quedarte en Colombia.

Patrick asintió, con el ceño fruncido.

—¿Pero adónde ir? ¿A Europa? ¿Asia? Estados Unidos está descartado.

Muskcobar se inclinó hacia delante, exhalando una columna de humo.

—Necesitamos un lugar sin tratados de extradición. Un lugar donde no hagan preguntas.

LLUVIA DE IDEAS SOBRE DESTINOS

Jacqueline hojeó una lista en el portátil, sus ojos recorrieron los nombres de los países y las restricciones de visado.

—¿Qué tal Rusia? No extraditan a la mayoría de los países.

¿Rusia? —Jean-Pierre frunce el ceño y se cruza de brazos—. Apenas soporto el frío de Bogotá. ¿Esperas que sobreviva a un invierno siberiano?.

Patrick se inclinó sobre la pantalla, desplazándose hacia abajo.

—¿Qué hay de Venezuela? Los contactos de Muskcobar aún podrían tener influencia allí.

Muskcobar dejó escapar una risita seca y sacudió la cabeza.

—El régimen de Maduro es un circo en llamas. Un día estás a salvo y al siguiente, en un tribunal militar por pestañear mal. Prefiero arriesgarme con el Vaticano.

Jacqueline suspiró y siguió buscando.

—Vale, ¿qué tal el sudeste asiático? ¿Tailandia o Camboya? Muchos expatriados. La corrupción es manejable. Podrías desaparecer allí.

—Tailandia… podría funcionar —Jean-Pierre dejó de caminar y se volvió hacia ella, considerando la idea—. Podría encontrar trabajo en un restaurante, algo tranquilo, bajo el radar.

Muskcobar sonrió con satisfacción, cruzándose de brazos.

—¿Algo tranquilo? ¿Tú? Lo creeré cuando lo vea.

—Vale, Tailandia suena prometedor —Patrick se echó hacia atrás y se estiró—. Pero, ¿cómo se llega allí sin pasaportes que griten "fugitivos buscados"?

—Un problema cada vez —Jean-Pierre se frotó las sienes—. Primero, elegimos un destino. Luego, pensamos cómo llegar.

Muskcobar levantó su copa:

—Por un futuro muy, muy lejano de aquí.

LOS RETOS DEL FUTURO

Patrick se recostó en la silla, frotándose las sienes.

—Aunque elijamos un lugar, ¿cómo vamos a llegar? Los aeropuertos son arriesgados. Nos estarán vigilando.

—No tenemos por qué pasar por un aeropuerto —dice Muskcobar con una sonrisa astuta—. Hay otras formas de viajar.

—Estás sugiriendo salir de contrabando, ¿no? —Jacqueline enarcó una ceja.

—Exacto —respondió Muskcobar—. Conozco gente que puede hacernos cruzar las fronteras sin pasaporte. Es arriesgado, pero es nuestra mejor opción.

Jean-Pierre suspiró y se pellizcó la nariz.

—Así que vamos a pasar de cocinar para delincuentes a convertirnos en contrabandistas. Maravilloso.

—¿Tienes una idea mejor? —replicó Muskcobar.

La sala se quedó en silencio, con el peso de la decisión cayendo sobre todos. Finalmente, Jacqueline rompió el silencio.

—Necesitaremos identidades falsas, dinero en efectivo y un plan sólido. No se trata sólo de salir de Colombia, se trata de empezar de nuevo.

—De acuerdo —asintió Jean-Pierre—. Pero asegurémonos de no meternos en otro desastre.

UNA PIZCA DE ESPERANZA

La conversación se calmó, el peso de sus elecciones se asentó sobre ellos como una espesa niebla. La habitación en penumbra parecía más pequeña, las paredes se estrechaban al darse cuenta de la magnitud de lo que les esperaba. A pesar de todo lo que habían planeado, su huida no era más que una idea, un frágil sueño que se tambaleaba al borde de la realidad.

Jean-Pierre se reclinó en la silla y exhaló lentamente. A pesar de todo, las traiciones, la fuga de la prisión, el miedo implacable a que lo atraparan, sentía que algo desconocido le invadía. La esperanza.

—Lo resolveremos —dijo, con una voz más firme de lo que sentía—. Juntos.

Jacqueline lo miró, buscando en su rostro cualquier vacilación, cualquier señal de que no creía en sus propias palabras. Pero no había ninguna. Por primera vez en meses, su padre parecía un hombre con un plan, no sólo alguien que corría de desastre en desastre.

Muskcobar sonrió y levantó el cigarrillo en un brindis simulado.

—Por la libertad y los nuevos comienzos. Ojalá encontremos uno antes de que nos disparen o nos arresten.

Patrick rio secamente.

—Reconfortante.

—Es mejor que nada —Jacqueline suspiró, negando con la cabeza pero sonriendo a pesar de todo.

Por un breve instante la tensión disminuyó. El camino que tenían por delante era incierto y estaba plagado de peligros que ni siquiera comprendían, pero por primera vez en mucho tiempo, tenían una dirección. Una rendija de posibilidad.

Jean-Pierre miró a cada uno de ellos, su variopinto grupo de fugitivos convertidos en familia. No estaban fuera de peligro, ni siquiera cerca. Pero si habían sobrevivido a todo lo demás, también podrían sobrevivir a esto.

—Nos movemos al amanecer —dijo.

Nadie discutió. Su viaje estaba lejos de terminar, pero al menos ahora tenían un destino.

CAPÍTULO 15
CAMBIO DE IDENTIDAD

LA DECISIÓN

La casa segura de Bogotá era estrecha, sus paredes desconchadas y sus luces parpadeantes no contribuían a hacerles sentir que su situación era menos grave. Una radio crepitaba suavemente en un rincón, reproduciendo un viejo tango, cuya melodía melancólica reflejaba el peso de la habitación.

Patrick se paseaba cerca de la ventana, mirando a través de las persianas como si esperara sirenas en cualquier momento.

—Esto no es sostenible —murmuró—. No podemos esconderos para siempre. Alguien va a reconocerlos a los dos y se acabó el juego.

Muskcobar dijo con una sonrisa

—Necesitamos un plan de verdad. Nuevos nombres, nuevas apariencias. Algo que nos haga intocables.

Jean-Pierre, sentado en la única silla decente, se frotaba las sienes.

—Sólo con nuevos nombres no será suficiente. Tenemos que convertirnos en personas diferentes.

Muskcobar exhaló una nube de humo de su puro, recostado contra la encimera de la cocina como si estuvieran discutiendo planes de vacaciones.

—Ah, *mes amis*, ahora están pensando como sobrevivientes. ¿Pero nombres y pasaportes? Eso es de aficionados. Si de verdad queremos desaparecer, necesitamos el paquete completo.

—¿Y qué se supone que significa eso? —Patrick dejó de caminar.

—Cirugía plástica —contestó sonriendo Muskcobar.

—No puedes hablar en serio. —Jacqueline arrugó la nariz.

—Oh, pero si lo estoy —dijo Muskcobar, abriendo los brazos teatralmente—. Piénsalo. Las personas más infames del mundo no sólo se esconden. Se convierten en otra persona.

—Eso es una locura —se burló Patrick

Muskcobar tiró la ceniza al fregadero.

—Lo que es una locura es pensar que saldrás de un aeropuerto con esa cara —Señaló a Jean-Pierre—. ¿Tú? Eres demasiado conocido. Si alguien te ve, ¡zas! extradición. ¿Yo? Tengo cierta… reputación. Una cara nueva significa una vida nueva.

—¿Y a quién conoces que pueda hacer esto? —Jean-Pierre se inclinó hacia delante.

—Conozco al mejor cirujano plástico —Muskcobar sonrió satisfecho.

—De ninguna manera —Jean-Pierre negó con la cabeza—. No voy a rebanarme la cara porque creas que es la única opción.

—No tienes que hacerlo —dijo Muskcobar, girando la muñeca con desdén—. Patrick y Jacqueline se quedan aquí, un corte de pelo, ropa diferente, pasaportes nuevos… estarán bien. Pero Jean-Pierre y yo necesitamos… modificaciones.

—No me gusta —Jacqueline se cruzó de brazos.

—A mí tampoco me gusta, *ma fille* —Jean-Pierre suspiró—. Pero si queremos sobrevivir, no tenemos elección.

Muskcobar levantó su vaso de Aguardiente.

—Por la reencarnación.

Jean-Pierre vaciló y luego chocó su vaso con el de Muskcobar. Patrick y Jacqueline intercambiaron una mirada antes de levantar los suyos.

—Por la reencarnación —repitieron.

LA CLÍNICA DEL CIRUJANO PLÁSTICO

La clínica era discreta, estaba escondida en un barrio tranquilo y acomodado. Por fuera, parecía un consultorio dental de lujo, pero por dentro, las salas de un blanco impoluto y los equipos de última generación hablaban de algo mucho más especializado.

El Dr. Cardoza les recibió con el aire de un hombre que había visto, y cambiado, muchas caras. Su cabello entrecano estaba engominado, el traje impecable y una sonrisa calculada.

—Bienvenido —dijo, estrechando la mano de Muskcobar—. Entiendo que buscan… una transformación.

—Doctor —Muskcobar sonrió—, mi amigo y yo necesitamos convertirnos en fantasmas.

El Dr. Cardoza arqueó una ceja.

—¿Qué tan drástico?

—Para él —Muskcobar señaló a Jean-Pierre—, algo sutil. Familiar, pero no demasiado. Si un viejo amigo se cruza con él por la calle, debería dudar. ¿Para mí? —Se encogió de hombros con una sonrisa—. Quiero renacer. Más joven. Más imponente. Presidencial.

—Ay, por el amor de Dios. —Patrick resopló.

El Dr. Cardoza se rio entre dientes.

—Los cambios sutiles suelen ser los más eficaces —Les indicó que se sentaran y dio unos golpecitos en su *tablet*—. Veamos qué podemos hacer.

Una gran pantalla mostraba modelos digitales.

Jean-Pierre frunció las cejas mientras estudiaba su rostro alterado: la nariz ligeramente más fina, la mandíbula sutilmente afinada, las patas de gallo alisadas.

—Sigo siendo yo —murmuró—. Sólo que… diferente.

—Precisamente —dijo el Dr. Cardoza—. Familiaridad sin reconocimiento.

Muskcobar, por su parte, admiraba su nuevo rostro como un escultor inspeccionando una obra maestra.

—¡Ah! *Magnifique*. Un rostro digno de los libros de historia.

—¿Te refieres a la lista de los más buscados de la Interpol? —Patrick puso los ojos en blanco.

El Dr. Cardoza ignoró la indirecta.

—Si está satisfecho, podemos empezar en unas semanas.

—Hagámoslo —asintió el expresidente.

APRENDIENDO A CAMUFLARSE

Su transformación no fue sólo física. Muskcobar insistió en que, si querían sobrevivir, debían convertirse en sus nuevas identidades.

Probemos con Brasil. Brasil muestra renuencia a extraditar por persecución política y el presidente puede ser sobornado fácilmente; el real está muy bajo, saldrá barato. Si Lula está en el poder, será fácil; si Bolsonaro vuelve, será aún más fácil

—Sin embargo, no basta con parecer brasileño —declaró, paseándose por el pequeño salón de la casa segura—. Hay que vivir como brasileños. Respirar la cultura, comer la comida, bailar la samba. Si alguien te pregunta dónde naciste, tu respuesta debe salir natural, como si hubieras vivido allí toda tu vida.

Jean-Pierre suspiró, frotándose las sienes.

—¿Y supongo que ya tienes el plan perfecto para que eso ocurra?

—Por supuesto —Muskcobar sonrió—. Clases de idiomas, cocina, baile… toda una experiencia.

Así fue como terminaron hacinados en un aula muy iluminada de una escuela de idiomas, rodeados de carteles de paisajes brasileños y tablas de vocabulario. La sala olía a libros viejos y café barato. Una profesora cálida y entusiasta, una mujer de mediana edad llamada Clara, estaba al frente, sonriendo a sus nuevos alumnos.

—*Bom dia* —saludó dando una palmada—. Repitan conmigo: ¡*Bom dia!*.

—Bom dia —repitió Jean-Pierre con fluidez, mostrando su talento natural para los idiomas.

La instructora soltó una risita.

—Muy cerca, Jean-Pierre. Intentémoslo de nuevo.

Jean-Pierre se sentó derecho y se aclaró la garganta.

—*Eu gosto de cozinhar.*

Su marcado acento francés destrozó tanto las palabras que Clara se estremeció.

Se recuperó rápidamente, asintiendo con ánimo.

—¡Casi! Acabas de decir: "Me gusta cocinar". Eso está bien.

—Papá, has estado diciendo eso desde que nací —Jacqueline esbozó una sonrisa burlesca.

Desde el fondo de la sala, Muskcobar se apoyó perezosamente en la pared, observando la lucha del grupo.

—El idioma es importante —admitió con una sonrisa burlona—, pero créanme, en Brasil, el encanto y la confianza abren más puertas que una gramática perfecta.

Clara arqueó una ceja, poco impresionada.

—*Boa sorte com isso* —murmuró.

—¿Qué acaba de decir? —preguntó Jacqueline, inclinándose hacia Patrick.

—Me dijo: "Buena suerte con eso" —contestó Muskcobar.

—Creo que quiso decir: "Estás condenado" —dijo Patrick, negando con la cabeza.

Muskcobar simplemente sonrió.

—La suerte es para la gente sin carisma.

La lección continuó, pero los progresos fueron lentos. Jean-Pierre seguía confundiendo las palabras y pronunciaba demasiado las sílabas; Muskcobar, para sorpresa de nadie, apenas lo intentaba.

Tras una hora de lucha, Clara finalmente suspiró.

—Tal vez deberíamos tomar un descanso.

—Dios te bendiga, mujer. —Jean-Pierre se desplomó en su silla.

Al final de la clase, Muskcobar da una palmada en la espalda a Jean-Pierre.

—Relájate, amigo mío. No tienes que hablar como un brasileño para ser brasileño.

—¿Ah, sí? —Jean-Pierre gimió—. Entonces, ¿qué necesito?

—Un poco más de ritmo. —Muskcobar le guiñó un ojo.

FORMACIÓN CULINARIA Y LECCIONES DE SAMBA

Jean-Pierre se lanzó a aprender cocina brasileña y transformó la cocina de la casa segura en un campo de entrenamiento. Todas las superficies disponibles estaban cubiertas de cuencos de hierbas frescas, sacos de judías negras y trozos de cerdo esperando a ser cocinados a fuego lento hasta alcanzar la perfección. El rico y ahumado aroma de la *feijoada* hirviendo a fuego lento llenaba el aire, haciendo que la estrecha cocina pareciera un concurrido restaurante brasileño.

Patrick entró, olfateando el aire.

—Huele increíble. ¿Qué es?

Jean-Pierre, con el sudor brillándole en la frente, removía una pesada olla.

—*Feijoada* —anunció con orgullo—. Un guiso clásico brasileño. Judías, cerdo, especias… comida reconfortante.

Patrick tomó una cuchara y probó con cautela. Sus ojos se abrieron de par en par.

—Está bien, lo admito. ¡Esto está bueno!

Jacqueline se inclinó sobre el mostrador, arrancando un trozo de cerdo crujiente de un plato cercano.

—Papá, creo que esto podría ser lo mejor que has hecho en la vida.

—Eso es porque por fin entiendo el secreto —Jean-Pierre sonrió satisfecho.

Muskcobar, que descansaba junto a la ventana con un vaso de ron, enarcó una ceja.

—¿Y cuál es ese secreto?

Jean-Pierre levantó dramáticamente una cuchara de madera.

—La comida brasileña no es precisión, es pasión.

Muskcobar rio entre dientes.

—Bien. Ahora aplica esa misma lógica al baile, porque todos ustedes se mueven como marionetas rotas.

Y así empezaron las clases de samba.

El estudio de danza era pequeño, con el suelo de madera pulido hasta brillar. Un gran espejo en la pared frontal reflejaba los rostros escépticos del grupo mientras su instructora, una mujer enérgica llamada Valeria, aplaudía para llamar su atención.

—El tango es para los amantes. La salsa es para seducir —anunció—. Pero la samba… La samba es alegría. Si no puedes sentir la música, no puedes ser brasileño.

Jean-Pierre removió con incomodidad.

—Yo cocino. No bailo.

Valeria lo ignoró y le hizo una señal al tamborilero de la esquina. El ritmo trepidante de la samba llenó la sala, vibrante y contagioso.

—¡Paso, balanceo, giro! —ordenó.

Jean-Pierre intentó seguirle, pero sus movimientos eran rígidos y torpes. Tropezó con sus propios pies y estuvo a punto de caer sobre Muskcobar.

—*¡Mon dieu!* ¿Cómo hace la gente para que esto parezca fácil?

—Creo que me lastimé algo —Patrick gimió desde atrás.

Jacqueline, en cambio, giraba sin esfuerzo, con movimientos fluidos y naturales.

—Parece que soy la única con ritmo —bromeó.

Como era de esperar, Muskcobar se desenvolvió con naturalidad. Se movía con facilidad, sus pasos eran precisos y su cuerpo estaba sincronizado con la música. Con una floritura, hizo girar a

Jacqueline y la inclinó dramáticamente, mostrando una sonrisa a los demás.

—¡Tienen que sentir la música, amigos! declaró.

Jean-Pierre le lanzó una mirada fulminante.

—Alguien nos está persiguiendo.

—Entonces esperemos que no sepa bailar —contestó Muskcobar, encogiéndose de hombros.

FRUSTRACIÓN Y DETERMINACIÓN

A pesar de sus esfuerzos, integrarse como brasileños resultó mucho más difícil de lo que habían imaginado. Las clases de idiomas los dejaban con la lengua trabada, a la *feijoada* de Jean-Pierre le faltaba ese toque auténtico y sus movimientos de samba parecían más un torpe arrastrar de pies que un baile rítmico.

Una noche, se desplomaron alrededor de la mesa, con el cansancio instalándose como una espesa niebla. El tenue resplandor de la luz de la cocina parpadeaba ligeramente, proyectando largas sombras sobre sus rostros agotados.

Patrick dejó escapar un largo suspiro, apartando su plato.

—Esto no funciona —murmuró—. Nunca pasaremos por locales.

—Lo estás intentando. Eso tiene que contar para algo.

Jean-Pierre, con una taza de café brasileño cargado, se reclina en la silla.

—No se trata de perfección —dijo frotándose la sien—. Se trata de pasar desapercibidos. Nadie espera que dominemos el idioma de la noche a la mañana.

Muskcobar, siempre optimista, agitó el ron en su vaso antes de levantarlo en el aire.

—El fracaso —declaró—, es sólo un paso en el camino hacia la grandeza.

Jean-Pierre resopló.

—¿Y cuántos pasos hasta que lleguemos allí?

—Lo suficiente para mantener las cosas interesantes —respondió Muskcobar, sonriendo satisfecho.

Con expresión cansada pero decidida, chocan sus vasos. El brindis fue silencioso pero significativo.

Fuera, los sonidos de una lejana banda de samba flotaban en el cálido aire nocturno. La ciudad estaba viva, indiferente a sus luchas. Aún no eran brasileños. Pero se estaban acercando.

CAPÍTULO 16

DE LA SAMBA AL TANGO

La transición del mundo rítmico y vibrante de la samba a la elegancia dramática del tango marcó otro capítulo en su viaje de reinvención. Muskcobar tenía un nuevo plan: si Brasil no funcionaba, quizá lo hiciera Argentina.

—Necesitamos opciones —declaró una noche durante una cena de *feijoada* brasileña—. Y si vamos a pasar por argentinos, debemos sonar como tales, y movernos como tales también.

El grupo intercambió miradas escépticas, pero la lógica era innegable.

—Argentina se puede negar la extradición por persecución política y el peso argentino es muy bajo, tienen ese legado de Kichner y de los Panama Papers que debería ser fácil, Milei podría ser más difícil de sobornar pero odia a Maduro tanto como yo.

DOMINAR EL ACENTO

Su primer reto fue el acento argentino. En una escuela de idiomas local, el instructor, un hombre delgado llamado Alejandro, de rasgos afilados y con un don para la mímica, no perdió el tiempo y se sumergió en los matices del español argentino.

—Primero —dijo Alejandro, paseándose por la habitación—, debes olvidar todo lo que sabes sobre la pronunciación de las eses y las eles. Aquí, la "y" y la "ll" son como la "ch" de chofer. Di: "Yo me llamo Jacqueline".

—Cho meh chamo Jacqueline —repitió Jacqueline, brillando su talento lingüístico natural.

—No está mal —dijo Alejandro, asintiendo con aprobación—. Tienes potencial.

—Ahora tú, Patrick —dijo Alejandro, haciéndole un gesto.

Patrick frunció el ceño mientras se concentraba.

—Cho meh chamo Patrick.

Alejandro se estremeció y levantó una mano.

—Pará. Pareces un turista borracho que acaba de salir de un bar de tango. Afloja la mandíbula. Vuelve a intentarlo.

Jean-Pierre suspiró y volvió a intentarlo, con una pronunciación ligeramente mejor.

—Es… un progreso —Alejandro entrecerró los ojos y ladeó la cabeza.

Jean-Pierre, por su parte, se sentó rígido en su silla, con los brazos cruzados. Cuando llegó su turno, se aclaró la garganta y su acento francés se apoderó inmediatamente de él.

—Cho meh chamo Jean-Pierre —dijo, con palabras que parecían bañadas en Burdeos y enrolladas en baguettes.

Alejandro gimió y se pasó una mano por la cara.

—*Mon dieu* —murmuró Jean-Pierre en voz baja, ganándose una mirada mordaz del instructor.

—No te preocupes, Jean-Pierre —sonrió Alejandro—. Los argentinos son dramáticos. Con mover mucho las manos distraerás de la pronunciación.

Muskcobar, apoyado despreocupadamente contra la pared, soltó una risita.

—El consejo perfecto para un político. Ya estás a mitad de camino, chef.

—¿Y tú? —Alejandro miró a Muskcobar—. ¿Te gustaría probar?

Muskcobar se enderezó, con la confianza intacta.

—Cho meh chamo… El Maestro —dijo con voz teatral.

Jacqueline se echó a reír y Patrick puso los ojos en blanco. Alejandro levantó una ceja poco impresionado.

—Veo que ya dominas el arte de la arrogancia. Ahora vamos a trabajar en tus vocales.

Las clases continuaron con Alejandro dando instrucciones enérgicas y corrigiendo errores. El grupo luchaba con las sutilezas del acento argentino, cada uno a su manera.

Patrick refunfuñó cuando Alejandro le hizo repetir una frase por décima vez.

—¿Por qué no podemos aprender español normal? Esto parece exagerado.

—Porque —dijo Alejandro, con voz aguda—, el español normal te hará resaltar en Buenos Aires. Créeme, no quieres llamar la atención.

Jacqueline captó el acento rápidamente, su oído musical le permitía imitar la entonación del instructor casi a la perfección.

—¿Cómo voy? —preguntó después de practicar una frase especialmente larga.

Alejandro juntó las manos y sonrió por primera vez.

—Jacqueline, suenas como si hubieras nacido en Recoleta. Excelente.

—Genial, ahora es la consentida del profesor. —gimió Patrick.

—No es mi culpa ser talentosa, hermano —dijo Jacqueline, sonriendo con satisfacción.

Jean-Pierre, sin embargo, seguía siendo el más desafiante. Alejandro suspiró cuando el anciano volvió a destrozar una frase sencilla.

—Tu francés te está saboteando a cada paso —dijo el instructor.

—Lo sé —replicó Jean-Pierre, frustrado—. ¿Crees que me gusta sonar como una mala imitación de mí mismo?

—Paciencia, chef —intervino Muskcobar, con una sonrisa cada vez más amplia—. Has dominado los suflés. Seguro que puedes dominar esto.

Alejandro, a pesar de su frustración inicial, se fue ablandando a medida que avanzaban las clases.

—Estás mejorando —le dijo a Jean-Pierre al cabo de una hora—. Lentamente, pero mejorando.

Al final de la sesión, el grupo estaba agotado, pero algo más confiado. Alejandro repartió hojas de práctica, advirtiéndoles que la perfección no llegaría de la noche a la mañana.

—Sigan practicando —dijo con firmeza—. Si quieren sobrevivir en Argentina, su acento debe ser impecable. Un solo descuido y la gente lo notará.

Al salir del aula, Muskcobar le dio una palmada en el hombro a Jean-Pierre.

—Anímate, amigo mío. Cuando acabemos, serás capaz de encandilar a los clubes de tango de Buenos Aires sólo con tu voz.

—Si antes no se ríen de mí antes de que empiece —resopló Jean-Pierre.

Los demás se rieron; el ánimo seguía en pie a pesar de los retos que tenían por delante. Cada lección les acercaba más a su objetivo, una sílaba a la vez.

LECCIONES EN LA PISTA DE BAILE

La segunda parte de su formación consistía en aprender tango, el alma de la cultura argentina. La academia de baile, con sus suelos de madera pulida y sus espejos que reflejaban la luz de las velas, era como entrar en otro mundo. Su profesora, una mujer esbelta llamada Valeria, irradiaba gracia y una autoridad inquebrantable.

Dio un aplauso enérgico, silenciando el nervioso arrastrar de pies.

—El tango no es sólo un baile —declaró Valeria, y su voz recorrió la sala como la nota inicial de una sinfonía—. Es una conversación. Es pasión. Es vida. No sólo te mueves, sientes.

Con un ademán elegante, demostró un paso sencillo; sus movimientos eran fluidos y precisos. Sus pies parecían deslizarse por el suelo como llevados por la propia música. Luego se volvió bruscamente hacia Jean-Pierre, que permanecía torpemente de pie cerca del borde de la sala, intentando evitar su mirada.

—Tú —dijo, señalándolo—. Ven.

Jean-Pierre se quedó inmóvil y, de mala gana, dio un paso adelante.

—Guíame —le ordenó Valeria, tomando sus manos y colocándolas en la posición correcta. Su mirada le atravesó.

Jean-Pierre vaciló, con movimientos rígidos, tratando de imitar sus pasos. Estaba demasiado concentrado en contar mentalmente como para darse cuenta de la creciente impaciencia de ella. Valeria lo detuvo bruscamente y su expresión severa se transformó en una leve sonrisa.

—No, no. El tango no consiste en pensar. Es instinto, conexión, sentimiento.

Jean-Pierre dejó escapar un suspiro frustrado.

—Soy cocinero —respondió secamente—. Mis instintos son para los suflés, no para la samba.

—Tango —corrigió Valeria, poniéndole de nuevo en posición—. Ahora, muévete.

Cuando la música volvió a sonar, Jean-Pierre tropezó en una serie de pasos torpes y en su rostro se dibujó una mueca. Valeria le guio con firmeza, sin vacilar en sus propios pasos.

—Relájate —murmuró—. El baile no exige perfección. Exige presencia.

Mientras tanto, Jacqueline se deslizaba por el suelo con sorprendente facilidad. Su gracia natural se prestaba al ritmo de la música.

—Es como una conversación —reflexionó en voz alta, caminando con confianza junto a su compañero—. Sólo tienes que escuchar lo que dice la otra persona.

Patrick, en cambio, fue un desastre. Tropezó con sus propios pies dos veces antes de casi chocar con Valeria a mitad de un paso. Ella lo detuvo con una mirada tajante y lo sostuvo con un agarre firme.

—Esto es imposible —murmuró Patrick, levantando las manos con frustración.

—¿Imposible? —dijo Valeria, enarcando una ceja—. ¿Crees que Messi se rindió después de fallar su primer gol? El tango es una disciplina, un compromiso. Si quieres dominarlo, debes entregarte plenamente a él.

Muskcobar, como siempre, parecía deslizarse sin esfuerzo. Se emparejó con una de las ayudantes y la hizo girar con dramatismo elegante.

—¿Ves? —dijo haciendo girar a Jacqueline cuando llegó su turno—. Todo es cuestión de confianza.

—Para ti es fácil decirlo —refunfuñó Patrick, evitando por poco otro tropiezo.

Valeria volvió a aplaudir, indicando al grupo que cambiara de pareja. Jacqueline formó pareja con su padre, guiándole suavemente en los pasos.

—Papá, deja de pensar tanto —bromeó—. Me sostienes como si fuera un saco de harina.

Jean-Pierre se rio a pesar de la situación.

—Bueno, eres ligera de pies.

Cuando Patrick volvió a formar pareja con Valeria, ella le empujó con más fuerza, haciéndole repetir los mismos pasos hasta que quedaron grabados en su memoria muscular.

—Otra vez —ordenó cuando él tropezó con su pie—. Y esta vez, no te mires los pies. Mírame a mí.

La noche avanzaba y la confianza del grupo aumentaba con cada ronda de música. Al final, incluso Patrick consiguió una torpe pero útil actuación que le valió un pequeño gesto de aprobación por parte de Valeria.

—Todos ustedes... son trabajos en proceso —dijo, con un tono elogioso a regañadientes—. Pero hubo progreso al fin y al cabo.

Al salir del estudio, con el cuerpo dolorido y el ánimo en alto por el triunfo de haber sobrevivido a la intensidad de Valeria, Muskcobar se volvió hacia el grupo con una sonrisa.

—¿Ven? El tango no está tan mal. Ahora sólo necesitamos público.

—¿Público? —preguntó Jean-Pierre, frunciendo el ceño.

—¿De qué sirve aprender si no vas a presentarlo? —Muskcobar guiñó un ojo.

—Terminemos las lecciones primero, Maestro —gimió Jacqueline.

A pesar de los retos, había una chispa de entusiasmo en sus ojos. El tango no era sólo un baile; era su forma de acercarse a la reinvención.

FRUSTRACIÓN Y PROGRESO

A pesar de sus dificultades iniciales, el grupo empezó a encontrar su equilibrio… literalmente. Cada sesión traía pequeñas mejoras y sus movimientos torpes e inconexos iban dando paso a algo parecido al ritmo. Patrick, que antes parecía destinado a tropezar a cada paso, consiguió finalmente un respetable ocho cortado tras horas de práctica.

—¿Lo ves? —dijo Valeria, aplaudiendo—. Hasta los pies más testarudos pueden aprender a moverse con gracia.

—Sólo han hecho falta cien intentos —dijo Patrick, poniendo los ojos en blanco, aunque una leve sonrisa se dibujó en sus labios.

—Hizo falta perseverancia —corrigió Valeria, dirigiendo su atención a Jacqueline, que ejecutaba un gancho impecable—. Así es como se domina un salón.

—Se trata de escuchar, ¿verdad? Siempre has dicho que el tango es una conversación —dijo Jacqueline, sonriendo, con movimientos seguros y fluidos.

Jean-Pierre, en cambio, parecía estar en guerra con sus propios pies.

—Es más bien una discusión —murmuró tras tropezar por tercera vez durante un giro.

—Papá, lo estás pensando demasiado —se burló Jacqueline, acercándose a su lado. Le puso las manos sobre los hombros y ajustó su postura—. Relájate. Siente la música, no los pasos.

Jean-Pierre suspiró, pero la siguió. Por un momento, se movió con sorprendente fluidez y su postura se relajó. Pero entonces su pie se enganchó con el de ella y tropezaron juntos, la risa rompió la seriedad del momento.

—¿Lo ven? —comentó Muskcobar, observándolos desde la esquina mientras se secaba el sudor—. El tango es la metáfora perfecta de la vida. Tropiezas, te recuperas y sigues adelante. Añádele un poco de estilo y todo el mundo pensará que ha sido intencionado.

—¿Es ese tu secreto? —preguntó Patrick, enarcando una ceja.

—Entre muchos —respondió Muskcobar con una sonrisa maliciosa.

A medida que avanzaba la noche, el grupo empezaba a cansarse. Tras una sesión especialmente agotadora, se desplomaron en el suelo del estudio con las camisas empapadas de sudor pegadas a la espalda. Los tablones de madera les refrescaban la piel mientras miraban al techo recuperando el aliento.

—Esto podría funcionar —dijo Jacqueline, con una amplia sonrisa mientras miraba la lámpara de araña que brillaba suavemente.

—Yo no lo llamaría "trabajar" todavía —dijo Jean-Pierre, con un deje de orgullo en su voz, sacudiendo la cabeza y secándose la frente con una toalla.

—Pequeñas victorias, papá —bromeó Jacqueline, dándole un codazo juguetón.

Muskcobar levantó su botella de agua en un brindis simulado.

—Por el tango —declaró—. La prueba de que incluso los descoordinados pueden llegar a ser elegantes con suficiente práctica... y determinación.

Chocaron sus botellas y el sonido resonó suavemente en el estudio vacío. En ese momento, sus risas compartidas y su camaradería fueron un bálsamo para el caos que les rodeaba.

Estaban lejos de dominar sus nuevas identidades, pero a cada paso, cada tropiezo, se acercaban más a las vidas que luchaban por reconstruir.

Todos los días entrenaban. Cada día practicaban sus pasos, sus acentos, sus identidades. Y mientras tanto, los guardaespaldas observaban atónitos, moviendo la cabeza con total confusión. Jean-Pierre experimentaba incluso con recetas argentinas.

Choripán: un popular alimento callejero. Es un embutido de chorizo a la parrilla servido en un pan crujiente con salsa chimichurri.

Carbonada: un rico guiso a base de carne, papas, maíz dulce, zanahorias y, a veces, frutos secos, que suelen cocinarse en una calabaza hueca.

Humita: plato elaborado con masa de maíz, envuelto en hojas de maíz y cocido al vapor o hervido.

¿En qué se habían convertido? Por fin había llegado el día en que Jean-Pierre Labaguette ya no podía seguir huyendo.

La clínica de cirugía plástica olía a esterilidad, pero bajo la superficie había algo más oscuro. Un lugar donde los hombres enterraban su pasado bajo una nueva piel.

Jean-Pierre se quedó rígido mientras el cirujano le presentaba un catálogo de rostros. Filas de desconocidos, sin vida y en blanco, le devolvían la mirada. Cada rostro podría ser el suyo. Cada uno de ellos podría borrar el hombre que era.

—Elige uno, o elegiré yo por ti —gruñó Muskcobar desde la esquina de la habitación. Su paciencia se había agotado.

Jean-Pierre forzó una sonrisa, pero apenas se mantuvo.

—¿Y tú? ¿Ya has elegido el tuyo, Muskcobar?

Los ojos de Muskcobar brillaron peligrosamente.

—Si cambio mi cara, Jean-Pierre, tú y el resto del equipo nunca sabrán qué aspecto tiene. Ni siquiera por un segundo.

—¿Por qué la mía debería ser distinta? —Jean-Pierre se puso rígido.

—Porque yo pago la tuya —La voz de Muskcobar bajó a un tono bajo y amenazador—. No te necesito, Jean-Pierre. No empieces a actuar como una diva ahora. Elige. Yo veré.

Jean-Pierre volvió a mirar el catálogo, con el corazón latiéndole más fuerte que el tictac del reloj. Recorrió los rostros con las yemas de los dedos, sintiendo cada uno de ellos como una muerte silenciosa. Finalmente, señaló.

—Este.

Muskcobar se inclinó y miró brevemente el rostro elegido.

—Bien. Tendrás un aspecto bastante decente en la aduana.

Jean-Pierre guardó silencio mientras le conducían al quirófano. Las luces fluorescentes de encima parecían más frías que el hielo. Una enfermera le entregó una bata de paciente.

El cirujano se acercó, sosteniendo una jeringa con una calma experta.

—Relájate —dijo el cirujano, con voz tranquilizadora pero distante—. Estarás anestesiado antes de que te des cuenta. En unos días parecerás más joven y argentino, excepto por la arrogancia —añadió.

La mano de Jean-Pierre salió disparada más rápido de lo que él mismo podía imaginar. Agarró la jeringa y la giró sin esfuerzo en la palma de la mano. Antes de que el cirujano pudiera reaccionar, Jean-Pierre le clavó la aguja en el cuello. Los ojos del hombre se abrieron de par en par conmocionados y luego se cerraron mientras se desplomaba.

La enfermera jadeó, pero Jean-Pierre ya estaba sobre ella. Sus ojos, fieros e implacables, la silenciaron antes de que pudiera gritar.

—Súbete a la mesa —ordenó fríamente.

Temblorosa, obedeció. Jean-Pierre le ató las muñecas y los tobillos rápidamente, asegurándola a la mesa de operaciones.

Se puso la bata blanca de cirujano y se ajustó el cuello mirándose en el espejo. Se bajó la máscara lo suficiente para mostrar una sonrisa.

Jean-Pierre Labaguette no era la marioneta de nadie.

Las puertas automáticas de la clínica se abrieron y Jean-Pierre salió a la calle. Sus pasos eran tranquilos, mesurados.

Pasó un taxi. Le hizo señas para detenerlo.

—Consulado de EEUU. Rápido.

El taxista no hizo preguntas. El peligro era demasiado evidente.

Entrar en el consulado no fue fácil. Los guardias de seguridad dudaron. Su disfraz, aunque convincente, levantó sospechas. Pero Jean-Pierre tenía una última arma.

Su historia.

Contó una historia tan disparatada y extravagante que incluso los guardias intercambiaron miradas inseguras. Pronto, la DEA se enteró. Siguieron los rumores. Jean-Pierre fue conducido a través de una puerta trasera; el peso de su reputación iba tirando de él hacia adelante.

En el interior, el despacho del cónsul estadounidense estaba débilmente iluminado. El cónsul se reclinó en su silla, mirando fijamente al infame hombre que tenía enfrente.

—Quédate aquí unos días —dijo el cónsul tras una larga pausa—.Deja que baje la presión. Pensaré en algo.

Jean-Pierre exhaló por primera vez en horas.

—Gracias —dijo, con la voz quebrada por el cansancio—. ¿Puedo… puedo quedarme en la cocina? ¿Cocinar para usted y su personal?

—¿Quieres cocinar? —El cónsul arqueó una ceja.

—Estoy mejor en una cocina —Jean-Pierre recuperó la sonrisa, cansada pero auténtica.

El ambiente era tenso en la Embajada de Estados Unidos en Bogotá. El gobierno colombiano estaba decidido a llevar a Jean-Pierre ante la justicia. Para colmo, Muskcobar había puesto una recompensa por su cabeza y, para colmo de males, Jean-Pierre no podía encontrar todos los ingredientes que necesitaba para cocinar.

Sin embargo, el personal de la embajada encontró un lado positivo de la situación. Las habilidades culinarias de Jean-Pierre habían transformado sus comidas diarias, y sus sabores exóticos eran un desahogo bienvenido ante la tensión que los rodeaba.

MISIÓN SUBMARINA

Una tarde, el embajador llamó a Jean-Pierre a su despacho.

— Jean-Pierre, la situación es complicada —empezó el embajador, reclinándose en su silla—. Pero tengo que decir que tu comida ha sido lo mejor de mi día. Puede que haya encontrado una solución para sacarte del país. Pero tendrás que convertirte en un agente especial.

—¿Una solución? —Jean-Pierre alzó una ceja—. No soy James Bond, embajador.

—Puedo hacer que abandones el país en un submarino —respondió tranquilamente el embajador.

—¿Un submarino? —Jean-Pierre parpadeó—. ¿Hacia dónde?

—Es una misión clasificada. Tendrías la tarea de escoltar a alguien de una isla caribeña de vuelta a Estados Unidos para que se enfrente a la justicia.

Jean-Pierre negó con la cabeza.

—No, no, no. Ya tuve suficiente de navegar por el Caribe. ¿Otro narco, supongo?

El embajador esbozó una leve sonrisa.

—Un político de alto nivel involucrado en el mundo del narco.

—Como tantos otros —Jean-Pierre suspiró—. Lo siento, embajador, pero no me interesa.

Pasó el tiempo y la persecución del gobierno colombiano pareció disminuir. Las protestas frente a la embajada se fueron apagando. Jean-Pierre pensó que podría tener la oportunidad de una vida más tranquila.

Un mes más tarde, el embajador volvió a convocarle. Esta vez, la reunión tuvo lugar en una sala poco iluminada con cristales polarizados. Al otro lado del cristal, una joven estaba sentada, hablando con funcionarios de inmigración. Era guapa y tenía los ojos llenos de miedo.

El embajador observó atentamente la reacción de Jean-Pierre.

—¿La conoces?

—Sí —Jean-Pierre asintió, con un nudo en la garganta—. Es Sandra. Es una amiga.

—Está solicitando un visado —dijo el embajador—. Pero dado su pasado, no hay ninguna posibilidad de que lo consiga. Muskcobar la quiere muerta.

—No es mala persona —A Jean-Pierre se le encogió el corazón—. Sólo se metió con la gente equivocada.

—¿Quieres ayudarla? —preguntó el embajador en voz baja.

Los ojos de Jean-Pierre seguían fijos en Sandra, que ahora se enjugaba las lágrimas.

—Sí. Quiero ayudarla.

El embajador asintió.

—Entonces acepta la misión. Ella irá contigo. Si tienes éxito, conseguirá la residencia permanente y posiblemente protección de testigos.

Jean-Pierre inhaló profundamente. Le vinieron a la memoria los recuerdos de su época con Sandra: el amor, la pasión, las risas. Se volvió hacia el embajador, le tendió la mano y se la estrechó con firmeza.

—Lo haré. ¿Quién es este narcopolítico?

—Pronto lo sabrás —contestó el embajador, sonriendo—. Prepárate. Tú y Sandra, ese es su nombre, ¿correcto?

—Sí, Sandra —asintió Jean-Pierre.

—Ambos se irán pronto. Una cosa más —añadió el embajador con una sonrisa pícara—. Hay una pequeña cocina en el submarino.

—Muy pequeña, supongo —Jean-Pierre se rio.

El viaje en submarino fue de todo menos placentero. Todo el equipo de SEAL de la Marina tenía orígenes latinoamericanos, cuidadosamente seleccionados para infiltrarse como sicarios y contrabandistas de drogas.

—Tienes acento francés —dijo uno de ellos, entrecerrando los ojos hacia Jean-Pierre.

—No —añadió otro—. Es argentino.

El SEAL más alto sonrió satisfecho.

—Juraría que eres nuestro expresidente que huyó a Francia.

Las carcajadas resonaron en el reducido espacio.

—Sí claro, Tom. Un expresidente en una misión de la DEA, en las profundidades de un submarino.

Sandra sonrió, apretando la mano de Jean-Pierre por debajo de la mesa.

Tras varios días bajo el océano, finalmente salieron a la superficie cerca de Tortuga, la tristemente célebre isla haitiana que en su día fue bastión de los piratas. El submarino ancló en una cueva oculta frente a la costa.

CAPÍTULO 17

LA BRECHA DE DARIÉN

Unas semanas antes del viaje submarino de Jean-Pierre

EN LA SELVA

La jungla se tragó a Muskcobar y Sylvie, que habían escapado de Bogotá. Un mundo húmedo y verde de enredaderas retorcidas y árboles altísimos se cerraba a su alrededor, sofocante en su intensidad. Las gruesas y cerosas hojas formaban un dosel casi sólido que sólo permitía que los rayos de sol atravesaran la oscuridad como cuchillos dorados. El aire era denso, cargado de humedad, y desprendía el intenso y putrefacto aroma de la podredumbre.

Cada paso era una batalla. El barro succionaba sus botas, tirando de ellas hacia abajo con un agarre implacable, mientras que las ramas caídas y las raíces enredadas amenazaban con hacerles tropezar a cada paso. Sylvie espantó un mosquito que se le había colado en el cuello, sólo para sentir otra picadura en la muñeca. La jungla no sólo estaba viva: estaba hambrienta.

Por delante, Esteban, su guía, se movía como un fantasma, sus pies apenas hacían ruido mientras atravesaba la densa maleza con su machete. Cada movimiento era preciso, lo necesario, un hombre a gusto en el caos de la naturaleza.

Sylvie, en cambio, no lo estaba. Tenía la camisa pegada al cuerpo, empapada de sudor, y los pulmones le ardían con cada respiración agitada.

—Recuérdame… —le dijo, mientras se agarraba a una enredadera que le envolvía el brazo como un ser vivo— ¿Por qué demonios no fuiste a Brasil o Argentina con sobornos?

Muskcobar se rio.

—Los sobornos sólo funcionan cuando hay alguien a quien pagar. ¿Y aquí? El dinero no te salvará de un jaguar, una serpiente o un guerrillero con el dedo en el gatillo —Sacudió la ceniza de su puro, aparentemente imperturbable ante el paisaje infernal que les rodeaba.

—Necesito encontrar a Jean-Pierre y matarlo.

Esteban se detuvo de repente, levantando la mano. El grupo se detuvo de inmediato, con los sentidos en alerta máxima.

Sylvie siguió la mirada de Esteban hasta el suelo del bosque, donde una forma gruesa y enroscada yacía inmóvil entre las hojas caídas. Se le hizo un nudo en el estómago. Una fer-de-lance, una de las serpientes más venenosas de América.

—Bueno, eso es un problema —dijo Muskcobar, dando un pequeño silbido.

Sylvie no se movió. Todo su cuerpo estaba inmovilizado, esperando, sin apenas respirar. El cuerpo escamoso de la serpiente era tan grueso como su antebrazo, y la cabeza triangular apenas se distinguía bajo las espirales.

Esteban dio un paso lento hacia delante, levantó el machete y, con un movimiento rápido, bajó la afilada hoja metálica. La jungla estalló en un borrón de movimiento cuando la serpiente se desenrolló violentamente, agitándose mientras su cabeza cortada se quebraba inútilmente contra el aire. La sangre salpicó el suelo, mezclándose con la tierra húmeda.

—Jesús —Sylvie exhaló bruscamente.

Esteban empujó con la bota al cuerpo, ahora flácido, para asegurarse de que estaba realmente muerto antes de limpiar el machete en una hoja ancha.

—Manténganse alertas —murmuró—. La jungla siempre está vigilando.

Muskcobar dio una larga calada a su puro y exhaló lentamente.

—Me gusta este tipo —murmuró—. Sabe cómo manejarse.

Sylvie no estaba segura de si Muskcobar se refería a Esteban o a la serpiente.

Siguieron adelante, adentrándose en el abrazo de la jungla. Cada paso era como adentrarse en un mundo que no les pertenecía. A su alrededor, criaturas invisibles se movían en las sombras y sus ojos brillaban débilmente en la penumbra. Las llamadas de los monos aulladores resonaban entre los árboles, un sonido gutural y espeluznante que provocaba escalofríos en Sylvie.

Entonces, Esteban volvió a detenerse, esta vez con expresión seria. Levantó una mano en señal de silencio.

Un crujido, apenas perceptible, atravesó la densa maleza. Luego, voces. Susurros en español. Risas ásperas. El sonido de armas moviéndose.

A Sylvie se le aceleró el pulso.

La postura despreocupada de Muskcobar no cambió, pero su mano se dirigió hacia su pistola.

—¿Guerrilleros? —susurró.

Esteban no contestó. Se agachó y les indicó que hicieran lo mismo.

Sylvie lo imitó, con la respiración entrecortada. Podía distinguir el débil resplandor de un cigarrillo entre los árboles, con la brasa naranja encendida cada vez que su dueño inhalaba.

Permanecieron congelados, inmóviles. Las voces se acercaban.

Luego, silencio. Sin pasos. Ni susurros. Nada.

Sylvie podía sentir el sudor goteando por su columna vertebral, la forma en que la propia selva parecía contener el aliento.

Entonces, finalmente, las voces se reanudaron, desvaneciéndose de nuevo en las profundidades de la selva.

Esteban permaneció inmóvil durante un largo momento antes de asentir con la cabeza.

—Avancen —susurró—. En silencio.

Muskcobar exhaló un suspiro lento y sacudió la cabeza con una sonrisa burlona.

—Bienvenido al Darién —murmuró en voz baja—. Donde los árboles tienen ojos y el paso en falso te mata. Quería construir una autopista de Colombia a Panamá, si tan sólo hubiera podido ser presidente un poco más de tiempo.

Sylvie tragó con fuerza, agarrando las correas de su mochila. Ya no había vuelta atrás.

EL CRUCE DEL RÍO

A mediodía, la jungla parecía un horno; el aire era denso y estático. Respiraban con dificultad y la humedad les oprimía como una mano invisible. Los mosquitos se arremolinaban en densas nubes, su zumbido incesante se mezclaba con las llamadas lejanas y resonantes de criaturas invisibles. La camisa de Sylvie estaba empapada y se le pegaba a la espalda mientras espantaba a los insectos, perdiendo la paciencia.

Cuando por fin llegaron a un claro, la visión que tenían ante ellos le produjo una nueva oleada de terror: un río ancho y caudaloso, cuyas aguas oscuras se agitaban violentamente mientras atravesaba el paisaje como una cicatriz.

—Dime que no vamos a nadar para cruzar eso —dijo Sylvie, exhalando bruscamente.

Esteban, imperturbable, se encogió de hombros y sacó un rollo de cuerda.

—Uno por uno —dijo, con voz tranquila pero firme—. Sigan exactamente mis pasos. Mantengan la mirada al frente, no luchen contra la corriente —Se ató la cuerda a la cintura y les indicó que hicieran lo mismo.

Muskcobar le dio una palmada en la espalda a Sylvie, con esa sonrisa exasperante aun presente.

—Después de ti, cariño.

Sylvie le fulminó con la mirada, pero no dijo nada. Dio un paso adelante, agarrando con fuerza la cuerda mientras seguía a Esteban hacia el agua. En cuanto entró, la corriente la golpeó como un camión. El frío fue un choque inicial, un breve alivio del calor sofocante, pero la fuerza del río fue mucho peor. Le arañaba las piernas, intentando hundirle, y cada paso era más traicionero que el anterior.

A medio camino, su bota resbaló en una roca cubierta de musgo y, de repente, el mundo se inclinó. Perdió el equilibrio y el río la arrastró hacia abajo en un instante.

El pánico se apoderó de ella cuando el agua le cubría la cabeza, llenándole los oídos con un rugido ensordecedor. Sus extremidades se agitaron instintivamente en busca de algo, lo que fuera, a lo que aferrarse.

Entonces, de repente, una mano se aferró a su antebrazo, fuerte e inflexible.

Muskcobar.

Agarró a Sylvie sin esfuerzo, con la otra mano aferrada a la cuerda.

—No está permitido ahogarse, mi amor —dijo con una sonrisa de satisfacción, levantando a Sylvie.

Sylvie tosió una bocanada de agua del río, con el corazón latiéndole con fuerza en el pecho.

—Vete al infierno —murmuró, agarrando la cuerda con más fuerza.

Muskcobar sólo se rio.

Los últimos pasos parecieron una eternidad, pero finalmente las botas de Sylvie tocaron suelo firme. Se desplomó sobre la orilla fangosa y su respiración se entrecortaba.

Esteban sonrió satisfecho mientras los observaba.

—Esa fue la parte fácil.

Muskcobar se estiró, escurriendo su camisa empapada.

—Espero que la "parte difícil" no incluya peces devoradores de hombres.

—Sigan avanzando —Esteban se limitó a señalar hacia adelante.

Sylvie gimió, arrastrándose hasta ponerse de pie. Le dolía el cuerpo, pero sabía que no debía perder el tiempo quejándose. La jungla era despiadada, no iba a esperar a que se recuperaran.

Y así, con sus ropas pesadas y empapadas, avanzaron penosamente, adentrándose en lo desconocido.

UNA NOCHE EN LA SELVA

Al anochecer, la jungla había cambiado.

El calor agobiante del día había dado paso a algo peor: una quietud espeluznante y sofocante. El aire, antes impregnado del aroma de la tierra húmeda y la podredumbre, ahora tenía una matiz más intenso, más primitivo. La oscuridad era absoluta, presionando desde todos los ángulos, tragándose los árboles, el cielo, incluso sus propias respiraciones.

Los sonidos también habían cambiado. El parloteo de los pájaros había enmudecido, sustituido por los gritos profundos y guturales de depredadores invisibles. Un gruñido lejano hizo que Sylvie sintiera un escalofrío.

Esteban encendió un pequeño fuego, cuyo resplandor vacilante apenas cortaba la negrura. Se agachó junto al fuego y afiló su machete con movimientos lentos y deliberados.

—Dormimos por turnos —dijo—. Nunca todos a la vez.

Sylvie estaba sentada junto al fuego, hurgando distraídamente en las brasas con un palo. Le dolían los músculos, el cansancio la corroía, pero sabía que no debía bajar la guardia.

Muskcobar estaba cerca, mascando la punta de su puro, aunque no se había molestado en encenderlo. Miraba las llamas, con expresión inescrutable.

—¿Crees que lo encontraré? —preguntó de repente Muskcobar, rompiendo el silencio.

—¿Tenemos elección? —contestó Sylvie sin mirarlo

—Siempre hay una opción —dijo Muskcobar, exhalando lentamente.

Sylvie soltó una risita seca, sacudiendo la cabeza.

—Él me abandonó.

Muskcobar ladeó la cabeza, pensativo.

—Suenas como alguien que ya ha aceptado el final de su propia historia… todavía lo amas.

Sylvie no respondió.

Como primera vigilante, se sentó rígida, con el cuchillo en la mano y los oídos atentos a la menor señal de movimiento fuera del alcance del fuego. La jungla vibraba a su alrededor, viva, expectante.

En algún lugar a lo lejos, algo aulló.

—Eso no sonó amigable —Muskcobar se movió pero no se levantó.

—Nada en este lugar lo es —dijo Sylvie, apretando con fuerza el cuchillo.

Las horas se hacían largas, sólo interrumpidas por el crujido ocasional de una rama lejana o el roce de algo que se movía más allá de la vista. Cuando Muskcobar le dio un codazo para relevarla, Sylvie apenas vaciló antes de cederle la guardia.

Se tumbó en la dura tierra, con el cuerpo clamando por descanso. El suelo húmedo estaba frío, pero el cansancio era superior a la incomodidad.

Mientras sus ojos se cerraban, la jungla susurraba a su alrededor, su presencia nunca se desvanecía. Incluso dormida, sabía que la observaban.

EL EMPUJE FINAL

Al tercer día, sus cuerpos pedían descanso a gritos. Cada paso era una agonía, sus músculos agarrotados por el cansancio, sus gargantas en carne viva por la deshidratación. La jungla los había drenado física y mentalmente. Sus raciones estaban casi agotadas, sus ropas se pegaban a ellos en parches húmedos y sucios, y el zumbido constante de los insectos se había convertido en una insoportable sinfonía de tormento.

Sylvie sentía las piernas de plomo mientras avanzaba, respirando con jadeos cortos y desgarrados. Sus botas se hundían en la tierra blanda a cada paso, el barro las succionaba como si quisieran tragársela entera.

Delante, Esteban se movía con la silenciosa precisión de un depredador. A diferencia de ellos, no mostraba signos de fatiga. Al contrario, parecía más alerta, con sus agudos ojos escudriñando la densa vegetación, leyendo la jungla como ellos nunca podrían.

Muskcobar, a pesar de su bravuconería habitual, estaba más tranquilo ahora. Su típica sonrisa arrogante había sido sustituida por una mirada de concentración. Aquí no era invencible, y lo sabía.

Entonces, de repente, Esteban levantó el puño.

Se congelaron.

Sylvie siguió su mirada y sintió que se le caía el estómago.

Más adelante, medio ocultos por la espesa maleza, un grupo de hombres armados se movía entre los árboles.

Guerrilleros.

La mano de Muskcobar se dirigió hacia su pistola.

Esteban sacudió la cabeza una vez. Todavía no.

Sylvie tragó saliva y sus dedos se apretaron a las correas de su mochila. El pulso le retumbaba en los oídos a medida que las voces en español se acercaban: murmullos bajos, ocasionales carcajadas y el tintineo metálico de los rifles al chocar contra sus hombros.

Se agacharon, sin apenas respirar. Sylvie sintió que la tierra húmeda le oprimía las palmas de las manos mientras se estabilizaba. Cada músculo de su cuerpo gritaba que corriera, pero sabía que no debía hacerlo. Un movimiento en falso, una ramita quebrada, y estaban muertos.

Los segundos se alargaron.

Los hombres pasaron, sus voces cada vez más débiles, sus botas crujiendo contra el suelo de la selva. Luego, por fin, silencio.

Esteban exhaló por la nariz y asintió una vez.

—Nos movemos. Ahora.

No discutieron.

La adrenalina corría por las venas de Sylvie mientras avanzaban más deprisa, ignorando el ardor en las piernas y el fuego en los pulmones. Muskcobar estaba a su lado, su respiración era rápida y agitada, pero mantenía el ritmo.

Y entonces, de repente…

Los árboles empezaron a escasear.

Sylvie sintió el cambio antes de verlo. Las densas sombras de la selva dieron paso a algo más brillante. La luz del sol. El cielo se abrió, vasto y azul, el opresivo dosel de hojas iba rompiéndose sobre ellos.

Más adelante, la densa vegetación se separó, revelando terreno abierto: colinas ondulantes, un camino de tierra a lo lejos, la civilización justo al alcance de la mano.

Esteban se volvió hacia ellos; su expresión era indescifrable.

—Lo logramos

—¿Ves? Fácil —dijo Muskcobar, soltando una carcajada triunfal y pasó un brazo por los hombros de Sylvie.

Sylvie lo apartó de un empujón, demasiado agotada para discutir. Le temblaban las piernas, pero se obligó a mantenerse erguida. La selva quedaba atrás.

Pero, de algún modo, sabía que lo más difícil aún estaba por llegar.

CAPÍTULO 18
PANAMÁ PAPERS

El aire de Ciudad de Panamá se adhiere a la piel como un sudario húmedo, espeso, con aromas mezclados de agua salada, humo de escape y sudor. La ciudad palpita con energía: los rascacielos de cristal reflejan el sol cegador y proyectan sombras nítidas sobre las bulliciosas calles. Bancos, casinos y hoteles de lujo se alinean en las avenidas, símbolos tanto de la riqueza legítima como de las fortunas blanqueadas.

Sylvie se ajusta el ala del sombrero, manteniendo la cabeza baja mientras sigue a Muskcobar por las aceras abarrotadas. Los vendedores ambulantes venden relojes falsificados y aparatos electrónicos pirateados, sus gritos son ahogados por el zumbido del tráfico y los bocinazos ocasionales de los conductores impacientes. Hombres de negocios con trajes a medida pasan de largo, murmurando por auriculares Bluetooth, con la mirada fija al frente, como si los bajos fondos de la ciudad no existieran.

—Esta ciudad apesta a dinero robado —murmuró Sylvie, ajustándose la correa de su bolso de cuero.

—Por eso estamos aquí, mi amor —Muskcobar sonríe, imperturbable—. La clase de gente que vive en torres de cristal no pregunta de dónde viene el dinero. Sólo preguntan cuánto.

Sylvie exhala bruscamente. Hay algo en este lugar que le eriza la piel.

Giraron por una calle más tranquila, donde despachos de abogados e instituciones financieras se codean, el verdadero corazón del imperio offshore de Panamá. Las aceras son inmaculadas y el aire está impregnado de riqueza y secretismo. No hay vendedores ambulantes ni mendigos, sólo cristales tintados, cámaras de seguridad y hombres trajeados que parecen llevar algo más que maletines.

Muskcobar ralentiza el paso, con la mirada fija en el reluciente rascacielos blanco que tiene delante. Sus ventanas espejadas reflejan un cielo azul perfecto, ocultando cualquier negocio que se lleve a cabo en su interior. Una placa de latón cerca de la entrada brilla a la luz del sol y reza:

GÓMEZ & ASOCIADOS - SERVICIOS OFFSHORE

Sobre una placa de latón medio rota en la que apenas se podía leer el nombre "Mossack Fonseca".

—Está demasiado limpio —murmura Sylvie, deteniéndose justo delante de la entrada.

Muskcobar se ríe.

—Claro que sí. Nadie se fía de un banquero sucio.

Sylvie examina el exterior. Algo no encaja. Sabe que no debe confiar en hombres como Felipe Gómez, pero Muskcobar insiste en que es su mejor oportunidad.

—Entramos y vamos al grano —dice Sylvie—. Nada de detalles innecesarios.

Muskcobar sonríe, sacudiendo la ceniza de su puro.

—Ah, Sylvie, te preocupas demasiado. Conseguimos el dinero, encontramos a tu marido, lo mato y me caso contigo.

—Por favor no.

—¿No qué? ¿Que no consiga el dinero? ¿Que no lo mate? ¿O que no me case contigo?

—Por favor, no lo mates —sonrió Sylvie.

Él se dirigió a grandes zancadas hacia la entrada, empujando las puertas de cristal.

En el interior, el piso de mármol brillaba y reflejaba la araña de cristal que colgaba del techo. El aire acondicionado estaba regulado a una temperatura casi antinatural, en marcado contraste con el sofocante calor del exterior. Un enorme cuadro abstracto dominaba la pared del fondo, un remolino de colores sin sentido destinado a impresionar a los clientes adinerados.

En el mostrador de recepción, una mujer de pómulos afilados y mirada aún más aguda apenas levantó la vista de su pantalla. Llevaba unos elegantes auriculares y sus uñas cuidadas chasqueaban contra el teclado.

Muskcobar se inclinó con su sonrisa más encantadora.

—Tenemos una cita.

Pulsó un botón sin levantar la vista. Sonó un pitido bajo y una voz grave crepitó a través del intercomunicador.

—Que pasen.

Las pesadas puertas de madera del fondo del vestíbulo se abrieron con un suave clic.

—Después de ti, amor —dijo Muskcobar, haciendo un gesto hacia ellas con ademán teatral.

Sylvie suspiró. Sabía que era un error. Lo sentía en sus entrañas.

Pero ya no había vuelta atrás. Entraron.

EL ABOGADO

Eduardo Gómez estaba sentado detrás de un enorme escritorio de caoba, con un ligero aroma a cuero y colonia cara en el aire. Su traje azul marino era impecable, su Rolex de oro asomaba justo por debajo del puño hecho a medida, captando la luz con cada sutil movimiento. Todo en él transmitía riqueza, poder y discreción.

Un hombre que sabía dónde estaban enterrados los cadáveres, porque él mismo había enterrado algunos.

Se puso en pie cuando entraron, mostrando una pulida sonrisa.

—Muskcobar. Ha pasado demasiado tiempo.

—Necesitamos nuevas identidades. Cuentas bancarias. Una forma de desaparecer.

Gómez soltó una ligera carcajada. Se dejó caer en su silla, con los dedos entrelazados.

—Ah, el paquete clásico —Sus ojos agudos se dirigieron a Muskcobar—. Supongo que tienes dinero.

Muskcobar sacó un grueso sobre de su chaqueta y lo arrojó sobre el escritorio.

—La mitad ahora. La mitad cuando acabe el trabajo.

Gómez cogió el sobre, lo sopesó en la palma de la mano como si pudiera juzgar su contenido sólo por el tacto. Asintió, satisfecho.

—Puedo convertirlos en fantasmas. Pero necesitarán algo más que nombres falsos. Necesitarán una tapadera: empresas en paraísos fiscales, activos, un rastro de papeles. No pueden entrar en Brasil o Argentina con una maleta llena de dinero.

—¿Qué tan complicado es esto? —Sylvie se cruzó de brazos, su inquietud iba en aumento.

Gómez se echó hacia atrás y el sillón de cuero crujió suavemente.

—En absoluto. He creado cientos de ellas: sociedades inmobiliarias, empresas de consultoría, grupos de inversión. La belleza de Panamá es que nadie hace demasiadas preguntas.

Sylvie intercambió una mirada con Muskcobar. Algo en todo aquello se sentía demasiado fácil, demasiado fluido. Pero se habían quedado sin opciones.

—Hazlo —dijo Muskcobar, sonriendo con satisfacción y golpeando ligeramente el escritorio.

EL ARRESTO

El papeleo duró una hora. Pasaportes, registros de empresas, pistas financieras que no llevaban a ninguna parte… Gómez trabajaba con la precisión de un hombre que ha hecho esto miles de veces. Sus dedos volaban sobre el teclado, los números y las identidades cambiaban en tiempo real a medida que redirigía la titularidad de las compañías fantasma a sus nuevos alias.

Sylvie lo observaba, su malestar iba en aumento. Era demasiado fácil.

Muskcobar, por su parte, se reclinó en su silla, completamente a gusto.

—Muy bien, Gómez. No me extraña que seas el mejor.

—Y ahora, caballeros, son oficialmente fantasmas —dijo Gómez, sonriendo satisfecho mientras deslizaba los últimos documentos por el escritorio.

Entonces, la puerta se abrió de golpe.

El crujido de la madera contra el metal hizo que a Sylvie se le encogiera el estómago antes de que su cerebro pudiera asimilar lo que estaba ocurriendo.

Agentes federales. Armas desenfundadas. Gritos. Caos.

El rostro de Gómez se desdibujó cuando la sala se inundó de agentes con equipo táctico. Levantó las manos y en sus ojos se reflejaba el pánico.

—Esto es un error —balbuceó.

Sylvie apenas tuvo tiempo de reaccionar antes de sentir el agarre fuerte y urgente de Muskcobar en su brazo.

—Tenemos que irnos. Ahora.

Gómez dejó escapar un grito ahogado cuando un agente lo golpeó contra el escritorio, inmovilizándole los brazos contra la espalda. Los papeles se esparcieron. El disco duro cayó al piso.

—Eduardo Gómez, queda detenido por fraude financiero, blanqueo de capitales y conspiración.

Gómez se volvió hacia ellos, con el rostro pálido y su voz se redujo a un susurro.

—Corran.

Muskcobar no necesitaba que se lo dijeran dos veces.

Sylvie vaciló, tuvo una fracción de segundo de indecisión. Luego se movió deprisa.

Se abrieron paso entre los empleados atónitos, los cuerpos se volvían borrosos a su alrededor mientras corrían por el pasillo.

La salida de emergencia estaba delante. Afuera sonaban las sirenas.

El pulso de Sylvie resonaba con fuerza. Afuera, las luces parpadeantes bañaban las calles de rojo y azul. La soga se tensaba.

Panamá ya no era seguro.

CAPÍTULO 19

SUBMARINO

COMIENZA LA FUGA

En el momento en que Sylvie y Muskcobar llegaron al callejón detrás de la oficina de Gómez, la ciudad estalló. Las sirenas resonaban en la húmeda noche, rebotando en los rascacielos. El caos de luces intermitentes y gritos de los agentes se esparcía por las calles.

El corazón de Sylvie golpeaba contra sus costillas mientras explora sus alrededores. Estaban corriendo a ciegas.

—¡Vamos, tenemos que movernos! —le apresuró Muskcobar, tomándola del brazo.

Sylvie se liberó de un tirón.

—¿Moverme adónde? Tienen controles por todas partes.

Muskcobar sonrió con esa tranquilidad que lo caracterizaba a pesar de la locura que los rodeaba.

—Entonces no usaremos las carreteras.

Antes de que Sylvie pudiera protestar, Muskcobar ya estaba marcando un número en su teléfono desechable. Murmuró algo rápido y urgente antes de colgar.

—Nuestro transporte está esperando en los muelles.

A Sylvie no le gustó cómo sonó eso. Llevaba suficiente tiempo en el juego como para saber que cuando Muskcobar tiene hablaba de un "transporte", nunca era sencillo. Pero no tenían elección. Las calles estaban llenas de policías.

Corrieron hacia el Casco Antiguo, zigzagueando por callejones, esquivando puestos de vendedores y carritos de comida. La televisión de un café emitía un boletín de noticias.

Noticias de última hora: *Detenido el destacado abogado panameño Eduardo Gómez por blanqueo de capitales - Investigaciones internacionales en curso.*

—Ya están manipulando la historia —dijo Muskcobar, sin aflojar el paso.

Sylvie aprieta los dientes.

—¿Cuánto falta para que nuestras caras aparezcan en esa pantalla?

—Yo diría que unos… ¿diez minutos? —Muskcobar miró su reloj.

Sylvie maldijo en voz baja.

—Espero que al menos tengan una foto decente de mí.

Más adelante, el resplandor de neón de los muelles parpadea a través de la niebla que venía de la bahía. El olor a agua salada y combustible diésel impregnaba el aire. Atravesaron un viejo astillero donde se oxidaban barcos de arrastre medio hundidos, olvidados por el tiempo.

—Esperamos aquí. —Muskcobar se detiene finalmente detrás de una hilera de contenedores de carga.

—¿Esperamos qué? —preguntó Sylvie, secándose el sudor de la frente.

Muskcobar sólo sonrió.

—Ya verás.

Un ruido sordo vibró bajo sus pies.

Sylvie se volteó, esperando una lancha rápida o un pequeño carguero. En su lugar, un viejo y maltrecho submarino surgió del agua como una bestia mecánica de una guerra olvidada.

—Dime que esto es una broma —Sylvie parpadeó.

Un hombre con camisa hawaiana se apoyó en el submarino con un puro entre los dientes. Se bajó las gafas de sol y sonrió.

—Siempre lleno de sorpresas, hermano —dijo el hombre.

Muskcobar le dio una palmada en la espalda.

—Juan, mi viejo amigo. ¿Sigues manejando esta cosa?

—Todavía me arrepiento de cada trato que hice contigo —contestó Juan, exhaló una larga bocanada de humo.

—En realidad no vamos a entrar en esa cosa, ¿verdad? —Sylvie sacudió la cabeza.

Muskcobar acarició el submarino como si fuera un perro viejo.

—¿A menos que quieras arriesgarte con la guardia costera?

Sylvie echó un vistazo a las calles detrás de ellos. Las linternas de la policía se movían en la distancia. El cerco se cerraba.

—Está bien —suspiró—. Pero si muero en este chatarra oxidada, te espantaré.

Juan hizo un gesto hacia la escotilla.

—Entonces, bienvenido a bordo del Sancho Panza.

SUMERGIRSE EN EL PELIGRO

En el interior, el submarino estaba peor de lo que Sylvie temía. Las paredes están cubiertas de óxido, manchadas por años de exposición a la sal. El estrecho interior estaba escasamente iluminado por las luces parpadeantes del techo, cuyo débil zumbido se sumaba al sofocante silencio. El aire olía a aceite, metal y sudor; cada bocanada de aire era como inhalar el interior de una vieja máquina.

Sylvie agachó la cabeza y se adentró en el estrecho pasillo mientras la escotilla de acero se cerraba con un golpe sordo. El sonido retumbó a través del casco, una resonancia metálica que se asienta como plomo en sus entrañas. El peso de todo esto: la huida, la incertidumbre, la locura de confiar en los planes de Muskcobar, se apoderó de ella.

Juan giró la rueda de cierre de la escotilla hasta que no cedió más.

—Muy bien, señores, pónganse cómodos —Sonrió, limpiándose las manos grasientas en su camisa ya manchada. "Próxima parada: en cualquier sitio menos aquí".

Sylvie miró a Muskcobar, que ya se había acomodado como en casa, recostado contra una pared como si estuviera en un yate de lujo y no en una reliquia medio hundida.

—Juan, ¿supongo que navegaremos en silencio? —preguntó Muskcobar, con un tono tan despreocupado como si estuviera pidiendo otra ronda de bebidas.

Juan accionó una serie de interruptores. El submarino respondió con un zumbido y vibró ligeramente cuando los motores se pusieron en marcha.

—Supones bien —Ajustó una perilla y el sonido se redujo a un susurro amortiguado, el zumbido constante ahora era casi imperceptible—. Pero que estemos bajo el agua no significa que seamos invisibles.

—¿Qué significa eso? —preguntó Sylvie, frunciendo el ceño.

Juan señaló con el pulgar hacia una parpadeante pantalla de radar montada en el panel de control. Ondas verdes recorrían la pantalla, formando contornos fantasmales de obstáculos cercanos.

—Significa que la guardia costera panameña está muy paranoica. Patrullan estas aguas constantemente. Y créeme, si nos detectan, no pedirán refuerzos.

Muskcobar se echó hacia atrás y exhaló por la nariz.

—Tengo muchos amigos entre los políticos del Caribe. Hacemos negocios juntos —dijo con una sonrisa—. Si llegamos a la isla correcta, estaremos a salvo.

—¿Y si no llegamos a la isla correcta? —preguntó Sylvie.

Juan accionó otro interruptor para atenuar las luces de la cabina. El interior del submarino quedó bañado por un resplandor rojo tenue que hizo que todo resulte aún más claustrofóbico. Se volteó hacia Sylvie con un semblante indescifrable.

—Entonces espero que sepas nadar.

El zumbido de los motores se desvaneció en el fondo. El agua chapoteó contra el casco, profunda e infinita, a medida que se deslizaban bajo las olas. Sylvie exhaló lentamente y se agarró con los dedos a los reposabrazos del asiento. Nunca había temido al agua, pero esto era diferente.

Se había pasado la vida en cocinas, trabajando con calor, rodeada de fuego. El aire siempre había sido abundante. Pero aquí, enterrada en el vientre de una bestia oxidada, rodeada de miles de toneladas de presión aplastante, no había aire. No había escapatoria.

Muskcobar, como siempre, parecía imperturbable. Reclinó la cabeza contra la fría pared de acero y se colocó el puro detrás de la oreja.

—Relájate, Sylvie. Actúas como si no hubiéramos sobrevivido a cosas peores.

El submarino se tambaleó violentamente hacia un lado y el casco metálico crujió bajo la presión. El agua goteaba del techo mientras sonaban las alarmas, que arrojaban un inquietante resplandor rojo sobre el estrecho interior. Pedro luchó por recuperar el equilibrio, agarrándose a la barandilla más cercana, mientras Sylvie, con el rostro pálido pero desafiante, se apretaba contra el panel de control.

Fuera, el oscuro océano les presionaba, un abismo implacable que se extendía en todas direcciones. Los ecos de los pitidos del radar resonaban en la nave, cada uno de ellos era un recordatorio de que las autoridades se acercaban.

—Así no es como imaginaba nuestra luna de miel —murmuró Muskcobar—. Se suponía que íbamos a estar en un resort cinco estrellas, tomando mojitos.

—Nunca me he ahogado —dijo Sylvie, exhalando bruscamente y apartándose un mechón de pelo húmedo de la cara—. Así que sí, esto se siente mucho peor.

Él le lanzó una mirada con una sonrisa macabra en la comisura de los labios.

—Prometí aventura, ¿no?

—Pensaba en cócteles en la playa, no en evadir a la policía internacional en una lata —contestó Sylvie, poniendo los ojos en blanco.

Una repentina explosión sacudió el submarino. Las señales del radar se hicieron más rápidas, más cercanas. Juan maldijo en voz baja, agarrando el timón mientras la embarcación se inclinaba de nuevo. Las burbujas pasaron veloces por las escotilla, se elevaron más allá de las cargas de profundidad.

—Están intentando hacernos salir —susurró Sylvie, con los dedos apretados alrededor del borde de la consola.

—No me digas —gruñó Juan—. Espera.

Tocó un interruptor y el submarino se precipitó al abismo, dejando atrás los ecos caóticos de la persecución. El océano se los tragó enteros, la oscuridad consumió todo excepto las parpadeantes luces de emergencia del interior de la nave.

—Entonces, ¿cómo salimos de esta? —Sylvie dejó escapar un suspiro lento.

Muskcobar vaciló y luego sonrió.

—Esperaba que Juan tuviera un plan.

Juan sonrió, sus manos se deslizaron sobre los controles con la facilidad de un hombre que ha vivido más tiempo bajo el agua que en tierra.

—Siempre hay una primera vez para todo, amigo.

—Eso no es reconfortante —dijo Sylvie, fulminándolo con la mirada.

—Sigue respirando. Es todo lo que tienes que hacer —Juan se rio, sin apartar la vista de los instrumentos.

Sylvie cerró los ojos un momento, tranquilizándose. *«Respira. Sólo respira»*.

Las paredes del submarino parecían apretarse a su alrededor, el metal crujía suavemente mientras se hundían más en el abismo.

COMIENZA LA PERSECUCIÓN

Durante la primera hora, el submarino se deslizó por las profundidades como un fantasma. El océano que les rodeaba era inmenso y silencioso; su presencia pasaba desapercibida. Sylvie mantenía la mirada fija en las tenues luces rojas del panel de control, escuchando el zumbido constante de los motores.

Muskcobar se echó hacia atrás, con los brazos cruzados y con cara de tranquilidad.

—¿Ves? Una navegación tranquila.

Sylvie no respondió. No confiaba en lo tranquilo. Lo tranquilo nunca duraba.

Y entonces… sonó una alarma.

Juan maldijo en voz baja y sus manos volaron sobre los controles. La pantalla del radar parpadeó, aparecieron puntos verdes brillantes donde antes sólo había un océano vacío. Su mandíbula se tensó.

—Patrullas de la guardia costera. Se acercan.

—¿Qué tan cerca? —preguntó Sylvie, con un nudo en el estómago.

—Lo suficientemente cerca como para arruinar nuestra noche —dijo Juan, exhalando bruscamente.

Muskcobar apenas reaccionó. Se sacó el puro de detrás de la oreja y lo encendió con un hábil movimiento del mechero. El resplandor iluminó brevemente su rostro antes de exhalar una lenta columna de humo.

—Entonces vamos más profundo.

—No podemos. Esta cosa no fue construida para inmersiones profundas —dijo Juan, girando en su silla y mirando fijamente a Muskcobar—. Si nos pasamos, acabaremos aplastados como una lata. Por favor, no fumes.

Un repentino pitido resonó en el casco. Un segundo después, otro.

—¿Qué fue eso? —preguntó Sylvie, poniéndose rígida.

—El radar —La cara de Juan se ensombreció—. Nos están buscando.

—¿Y si nos encuentran? —Sylvie se aferró a los reposabrazos metálicos de su asiento.

Juan no respondió inmediatamente. Miró el radar, con los labios apretados en una fina línea. Finalmente, murmuró:

—Entonces veremos lo buenas que son sus cargas de profundidad.

—No soy fan de esa opción —Muskcobar exhaló otra nube de humo.

—Necesitamos una salida —dijo Sylvie, apretando la mandíbula.

Muskcobar sonrió, inclinándose hacia delante.

—Necesitamos una distracción.

—¡Ah, claro! —resopló Juan—. Déjame que me saque un truco de magia del trasero.

—¿Podemos lanzar algo? —Muskcobar golpeó la consola.

—¿Quieres fuegos artificiales? —Juan hizo una pausa, sonrió y accionó un interruptor—. Puedo darte fuegos artificiales.

Un fuerte estruendo retumbó en el submarino cuando un torpedo de bengala de emergencia salió disparado hacia la superficie. Ascendió rápidamente, atravesando el agua oscura como una señal a los dioses.

—Vamos… —Juan miraba el radar, sus dedos tamborileaban contra la consola—. Muerdan el anzuelo…

Los segundos se alargaron hasta la eternidad.

Entonces, la mancha que representaba al barco guardacostas empezó a virar.

—Se lo creen… por ahora —dijo Juan, sonriendo.

—¿Ves, amor? No hay de qué preocuparse —dijo Muskcobar, riéndose.

Sylvie no se relajaba. Todavía no.

LA BÚSQUEDA DE UN SANTUARIO

Pasaron las horas y el submarino salió a la superficie cerca de una cadena de pequeñas islas. El aire era cálido, el mar estaba en calma, pero la tensión era densa.

Juan escudriñó el horizonte, con los ojos entrecerrados.

—Necesitamos un lugar para atracar.

Muskcobar se inclinó sobre su hombro, con su sonrisa característica.

—Tengo contactos. República Dominicana, San Cristóbal, quizá incluso Cuba.

—¿Quizá? —Sylvie arqueó una ceja, escéptica.

Muskcobar soltó una pequeña risa acomodó su postura.

—Algunos tratos, algunos… favores. Digamos que algunos presidentes están en deuda conmigo —dijo con tono burlón, pero a la vez con un matiz serio.

Sylvie se cruzó de brazos, mirando el agua.

—Eso sí que es reconfortante —murmuró con sarcasmo.

Juan no apartaba la vista del agua; su voz sonó firme:

—Iremos rápido, sin luces. Si nos atrapan, más vale que recen para que sean amistosos.

Sylvie exhaló bruscamente, frotándose la cara.

—Se suponía que esto iba a ser una simple huida. —Sus palabras quedaron suspendidas en el aire, llenas de pesar.

Muskcobar le dio una palmada en la espalda y dejó escapar una sonora carcajada.

—¿Cuándo hemos hecho algo simple? —Miró a Sylvie, con los ojos brillando de picardía—. Ya deberías saber que nada que merezca la pena es fácil.

Juan giró el timón, guiando el submarino hacia una cala tranquila.

—Manténganse atentos —advirtió con voz grave—. Si alguien nos está esperando, ya es demasiado tarde para dar marcha atrás.

Sylvie apretó la mandíbula, observando cómo se acercaba la orilla en la penumbra. Se le revolvió el estómago, pero no se atrevió a apartar la mirada.

—Esta es la parte que más odio —murmuró para sí misma.

Muskcobar se echó hacia atrás, disfrutando claramente del momento.

—El desembarco siempre es lo más difícil. Ahí es donde empieza la verdadera diversión.

A medida que el submarino se acercaba a tierra, Sylvie sentía el peso de todo aquello. Lo más difícil no era solo llegar a puerto, sino lo que venía después.

Algo en sus entrañas le decía que sus problemas no habían hecho más que empezar.

CAPÍTULO 20

HAITÍ

LLEGADA A HAITÍ

El submarino se desplazaba silenciosamente hacia la costa haitiana, su silueta oscura era apenas visible contra el mar agitado. Las olas golpeaban rítmicamente contra el casco, un recordatorio constante del vasto océano que acababan de cruzar. En lo alto, el cielo era de un negro profundo e impenetrable, salpicado de estrellas tenues, cuyo débil resplandor apenas bastaba para atravesar la opresiva noche.

Muskcobar, tomando los controles, apagó el motor con un clic silencioso. El zumbido mecánico se apagó y sólo quedó el sonido del agua golpeando el metal. La ausencia de ruido resultó ensordecedora. El aire del interior del submarino estaba cargado de tensión y sal, y el sudor se les adhería a la piel. Durante un largo momento, ninguno de los dos hombres hablaba.

Sylvie se levantó de su asiento y subió a cubierta. Una ráfaga de aire húmedo, espeso y sofocante, la envolvió. Inhaló profundamente, saboreando el viento salobre mezclado con el leve aroma a madera quemada de las costas lejanas. La dentada silueta de Haití se extendía por el horizonte, las parpadeantes luces de los pueblos salpicaban la costa como luciérnagas en la oscuridad.

—Haití —murmuró, su voz apenas superaba un susurro—. No era exactamente el plan.

Muskcobar estiró los brazos detrás de la cabeza y movió los hombros con una sonrisa perezosa.

—Mejor que un torpedo en el culo —comentó, con voz divertida.

Sylvie no compartía su entusiasmo. Estudió la orilla, sus ojos rastreaban cualquier movimiento. Conocía Haití. Había estado allí antes, en otras circunstancias. Esa tierra estaba viva, latía con un ritmo propio. Respiraba peligro y oportunidades a partes iguales. Y esta noche, como fugitivos, se adentraban en ella a ciegas.

—Tenemos que encontrar un lugar para pasar desapercibidos —dijo Sylvie, con un tono pragmático—. Algún sitio donde no destaquemos.

Muskcobar soltó una carcajada seca y cómplice.

—¿Dos turistas recién bajados de un submarino? Oh, sí, nos integraremos perfectamente.

Sylvie lo ignora, con los ojos fijos en el oscuro terreno que tenía delante.

—Puerto Príncipe es demasiado arriesgado. Demasiados ojos. Demasiadas preguntas —Exhaló con lentitud, calculando—. Nos dirigiremos a Tortuguero, un pequeño pueblo. Algún lugar donde podamos reagruparnos y ubicarnos.

—Iremos en silencio, fuera de las carreteras principales —asintió Muskcobar, dejando de lado las bromas—. Si tenemos suerte, encontraremos transporte antes del amanecer.

Sylvie no respondió inmediatamente. Observaba cómo una sombra se movía entre los árboles lejanos. Podría ser un animal. Podría ser algo peor. En cualquier caso, no tenían más remedio que desembarcar.

LA EMBOSCADA

La pequeña escotilla del submarino se abrió con un chirrido mientras Muskcobar sacaba una balsa inflable y la arrojaba por la borda. Cayó al agua con un suave chapoteo, apenas audible por encima del murmullo de las olas. Sylvie bajó primero y sus botas aterrizaron en el agua poco profunda. Se estabilizó y agarró con fuerza el remo. Muskcobar la siguió, empujando la balsa para separarla del submarino, enviándolos a la deriva hacia la orilla.

El agua salada cálida golpeaba los bordes de la balsa mientras se movían casi en silencio, cada golpe de remo era cuidadoso y medido. El agarre de Sylvie se tensó, sus nudillos se pusieron blancos. Cada chapoteo comenzó a sonar demasiado fuerte. Cada movimiento parecía una invitación al desastre. La playa bordeada de selva que tenían delante era a la vez un refugio y una trampa, su oscura silueta ocultaba lo que sea que les esperase.

Muskcobar fue el primero en saltar cuando la balsa rozó la arena. Sus botas se hundieron en la orilla mojada, el olor a sal y a vegetación húmeda lo rodeaba. Se enderezó, escaneando la zona con la vista aguda antes de asentir.

—Despejado.

Sylvie lo siguió, con los músculos tensos. Arrastrando la balsa playa arriba, metiéndola entre la espesa maleza, donde desapareció bajo las enredadas lianas. El aire estaba cargado de humedad y el olor a tierra y podredumbre se adhirió a su piel. Grillos y criaturas invisibles entonaban una inquietante melodía nocturna.

La noche estaba demasiado tranquila.

Luego un silbido lejano atravesó el aire húmedo. Fue un silbido agudo. Intencionado.

Sylvie se congeló, todos sus músculos se tensaron al instante. Se le cortó la respiración.

Otro silbido. Esta vez más cerca.

Se le aceleró el pulso. Reconoció el sonido. Era una señal. Un llamado.

—¿Oíste eso? —murmuró Sylvie, apenas alzando la voz.

Muskcobar asintió, su mano se movió instintivamente hacia su cintura.

—Sí. Y no me gusta nada.

—Tenemos que movernos. Ahora mismo —dijo Sylvie, manteniendo la voz baja.

Se internaron tierra adentro, deslizándose entre las sombras de imponentes palmeras y espesa maleza. Las ramas crujieron bajo sus botas. La humedad se adhirió a ellos y el sudor se acumulaba en sus frentes. La selva vibraba con el lejano canto de los insectos y el susurro de las hojas. Pero se sentía… raro.

Volvieron los silbidos. Esta vez desde varias direcciones.

Un escalofrío recorrió la espalda de Sylvie. Les estaban siguiendo.

Luego, linternas. Docenas de ellas.

Los haces de luz atravesaron la densa maleza, ondeando como luciérnagas en la oscuridad. Las sombras se retorcían y parpadean. La luz captó el destello metálico de los rifles.

—¡Abajo! —siseó Muskcobar, sacando su arma.

Demasiado tarde.

Unas figuras emergieron de la jungla, moviéndose como espectros, con los rostros ocultos por la oscuridad. Más linternas se encendieron, arrojando un resplandor inquietante sobre la arena. Sylvie movió los dedos hacia su cinturón, pero se detuvo. Los superaban en número. Sabía cuándo una lucha era imposible de ganar.

Un hombre alto dio un paso al frente y la luz captó las profundas cicatrices que surcaban su rostro. Llevaba un chaleco táctico holgado y sus dedos tamborileaban perezosamente contra un AK-47 que llevaba colgado del pecho. Detrás de él, la jungla se movía: más hombres con ojos depredadores y las armas preparadas.

El hombre ladeó la cabeza y esbozó una sonrisa.

—Vaya, vaya —balbuceó, con voz serena pero con un toque peligroso—. Miren lo que trajo la marea.

A Sylvie se le apretó el estómago. Esa voz. Hacía años que no la escuchaba.

—Fete Nationale —murmuró.

La sonrisa del hombre se ensanchó.

—Ahh, así que te acuerdas de mí —Extendió los brazos en señal de bienvenida—. Empezaba a pensar que me habías olvidado.

—Fete Nationale, ¿así te llamas? —preguntó Muskcobar, levantando una ceja.

El caudillo soltó una risa baja y áspera.

—Para mis amigos —Su expresión se endureció y la sonrisa desapareció—. Para mis enemigos soy... la muerte.

Sylvie no se movió ni pestañó. Sabía de lo que es capaz Fete Nationale.

Uno de los hombres de Fete Nationale se adelantó y agarró a Muskcobar por el hombro. Muskcobar se lo quitó de encima, pero otro cañón de rifle se clavó en su espalda.

Más hombres se acercaron. Unas manos ásperas agarraron a Sylvie y la empujaron hacia delante. Ella se apartó de un tirón, pero la culata de un rifle le golpeó las costillas. El dolor estalló en su costado, robándole el aliento. Se tambaleó, jadeando.

—Estás cometiendo un error —gruñó Muskcobar, mientras lo derribaban.

Fete Nationale se agachó frente a Sylvie, estudiándola como un depredador que acecha a una presa herida. Sus ojos oscuros brillaban en la penumbra.

—*No, mon ami* —dijo en voz baja, con su acento marcado—. El error fue de ustedes al poner un pie en mi isla sin invitación.

Sylvie apretó la mandíbula. Conocía a Fete Nationale lo suficiente como para reconocer esa mirada en sus ojos. Diversión mezclada con crueldad. Un gato jugando con un ratón atrapado.

Los hombres obligaron a Sylvie y Muskcobar a acercarse a un viejo camión oxidado estacionado más allá de los árboles. Las puertas crujen mientras los obligan a subir, con las manos bruscamente atadas.

El motor rugió, soltando una nube de humo negro mientras los neumáticos se clavaban en la tierra. La selva se desdibujaba a medida que se iban adentrando en la noche haitiana, engullidos por la oscuridad.

Sylvie se movió un poco, probando sus ataduras, pero las cuerdas estaban demasiado apretadas.

—¿Algún brillante plan de escape? —preguntó Muskcobar y exhaló bruscamente.

Sylvie permaneció en silencio, con la mirada fija en la oscura carretera, porque en el fondo de sus entrañas ella sabía que a donde sea que los llevarán, sería peor que donde estaban.

CAUTIVERIO

Unas horas después, la tenue luz del almacén parpadeaba débilmente sobre ellos, proyectando largas sombras sobre el agrietado suelo de tierra. El aire era sofocante, espeso por el hedor acre del aceite, el sudor y la sangre. Sylvie podía sentir el calor que se filtraba por su piel, calando en sus huesos. Tenía las manos fuertemente atadas detrás de ella, y cada sutil movimiento le producía agudos dolores en los brazos.

Muskcobar se apoyó contra la pared, sin apartar la mirada del hombre sentado frente a él. Fete Nationale, el bastardo sonriente, hacía girar un cuchillo entre sus dedos como si fuera un pasatiempo casual. Su mueca de burla no cambiaba.

Sylvie se dirigió a Fete Nationale con tono de súplica.

—Éramos amigos antes de que te hiciera chef de la Casa Blanca. Recuerdo tu pollo vudú; mi esposo te hizo presidente de Haití.

—Ahora —dijo Fete Nationale, con voz baja y burlona—, ¿estará dispuesto a pagar por sus miserables vidas? Tengo entendido que dejó América a toda prisa, arruinado y como fugitivo buscado.

Muskcobar arqueó una ceja, sin inmutarse ante la provocación.

—¿Aceptas cripto?

Los ojos de Fete Nationale se entrecerraron, sin mostrar sorpresa. Dejó de hacer girar el cuchillo y lo deslizó en su funda con un movimiento deliberado y lento.

—¿Crees que esto es una broma?

Sylvie exhaló, el aliento salió en un siseo agudo.

—Eres más inteligente que esto. ¿Sabes quién es mi amigo colombiano? —Su voz sonaba firme y medida, aunque su mente iba a toda prisa. Muskcobar tenía que salir de allí, tenía que mantenerlos a los dos con vida.

Fete Nationale se detuvo y su sonrisa vaciló un segundo. Se agachó frente a Muskcobar y entrecerró los ojos mientras lo examinaba, calculador. Al cabo de un momento, se inclinó, con la cara a escasos centímetros de Muskcobar, y esbozó esa amplia e inquietante sonrisa.

—Así es. Por eso sé que alguien pagará para recuperarlos.

La puerta del almacén se abrió de golpe y el sonido de botas golpeando el suelo resonó en el espacio, seguido del inconfundible chirrido del metal. Un grupo de combatientes fuertemente armados irrumpió con las armas en alto y los ojos rastreando la habitación con una precisión mortal.

—Llegaron. Vamos a los helicópteros.

Vestidos con ropa casual, Jean-Pierre y su equipo habían desembarcado y se dirigieron a un modesto restaurante de Lambi, a pocos kilómetros de donde se encontraba Fete Nationale y sus matones.

Lucio miró a su alrededor y susurró:

—Escóndete en la cocina y haznos unas galletas especiales, aquí tienes algo de Brugmansia.

El personal haitiano no lo cuestionó. Jean-Pierre tomó control de la humilde cocina, improvisando con los limitados ingredientes. Horas más tarde, tres helicópteros aparecieron en el horizonte y aterrizaron cerca. De uno de ellos salió Fete Nationale, el antiguo chef de la Casa Blanca convertido en presidente haitiano, apodado Tío Doc, y el narco más poderoso de la isla. Había engordado desde que llegó a la presidencia y empezaba a parecerse a Amin Dada, el presidente y dictador de Uganda. Su país vivía un drama humano constante, mientras los políticos de alto rango de Haití compraban propiedades en París y Ginebra cuando tenían suerte y eran tiroteados por gángsters cuando no la tenían.

Fete Nationale y sus lugartenientes se acercaron a Lucio, con la pistola al costado.

—Escuché que me trajiste nieve en ese submarino.

—Así es —contestó Lucio, sonriendo—. Tomemos café y galletas.

Un mesero trajo la bandeja. Lucio la empujó hacia Fete, quien apoyó la pistola en la mesa.

—Tú primero —dijo Fete, con mirada gélida.

Lucio tomó un sorbo de café y mordió una galleta.

—Tenemos que hablar. Sólo nosotros. Nuestros hombres pueden esperar fuera.

Fete asintió, haciendo un gesto a sus guardias para que se alejaran. Ambos permanecieron cerca de la entrada, con los ojos fijos y los dedos listos cerca de los gatillos.

Fete mordió una galleta. Sus ojos se abrieron de par en par.

—Son de otro mundo. Me recuerdan a un chef francés que conocí. Saben igual que las suyas —Alargó la mano por otra, abandonando su severa fachada mientras comía con avidez. Se dio el gusto y se terminó todas las galletas.

Pero pronto le empezaron a temblar las manos. Le corría el sudor por la frente. La vista se le nubló.

Jean-Pierre salió de la cocina, secándose las manos en una toalla.

—Me alegro de volver a verte, Fete. Sinvergüenza, extorsionador, ladrón. Narcotraficante —le dijo, bajando la voz—. Mis galletas son mejores que tu pollo vudú. Les añadí un poco de Quimbois. Algo de "Aliento del Diablo". Te vas a dormir.

Mientras la cabeza de Fete caía, Jean-Pierre tarareaba suavemente.

—*Duerme Negrito* —la inquietante canción de cuna de Atahualpa Yupanqui.

Lucio se acercó más, sonriendo.

—Elegiste la galleta más grande. Mala decisión. Yo me comí la pequeña.

Con esfuerzo, arrastraron a Fete de vuelta al submarino. Mientras tanto, los hombres de Lucio entregaban discretamente fajos de billetes a los guardaespaldas de Fete.

Un guardia se rio y guardó los billetes.

—Cambiamos de presidente cada seis meses. Preferimos el dinero.

—Tenemos dos prisioneros en este momento una mujer francesa y un colombiano por otros $500 los dejamos ir, ¿te parece?

—Claro —Lucio no dudó—, diles que crucen a República Dominicana y vayan a la Embajada de EEUU, aquí está mi tarjeta.

CAPÍTULO 21

VISADO PARA NOVIOS LATINOS

Una semana más tarde, en Miami, estallaron las celebraciones. La detención de Fete Nationale por contrabando de toneladas de cocaína a EEUU dominó los titulares. Jean-Pierre, Sandra y Lucio estuvieron junto al alcalde, recibiendo los elogios de la diáspora haitiana, además de un inesperado guiño del propio Trump.

—Es un gran logro de la DEA y del agente Lucio —anunció el alcalde—. También agradecemos la cooperación del chef Jean-Pierre y su amiga Sandra. Compartirán la recompensa por su captura, que es… —Hizo una pausa, desordenando sus papeles, mientras un ayudante le susurraba al oído. Sus ojos se abrieron de par en par—. Una suma considerable —añadió con una sonrisa—. Y señorita Sandra, se le ha concedido inmunidad y visado de prometida.

El alcalde llamó a Jean-Pierre aparte.

—Donald Trump quiere hablar contigo —dijo, entregándole su teléfono.

—Jean-Pierre, eres un cocinero francés, un expresidente, un asesor político extranjero y ahora un cazarrecompensas, ¡esto es grandioso! Esto es lo que Estados Unidos necesita —añadió—. ¿Estás solo?

—Sí, Donald. Si el teléfono no está pinchado.

—¿Necesito tu ayuda?

—¿Mi ayuda? ¿Acaso tendrás una fiesta?

—Algo así, pero yo soy la pieza de resistencia. Quieren sustituirme.

—¿Quiénes?

—El Congreso, los demócratas, el Tribunal Supremo, Elon. Sé que has estado ahí antes. Créeme, no quiero ser reemplazado.

—¿Son noticias falsas? —preguntó Jean-Pierre.

—No. Ellos no querían que secara el pantano... quieren intercambiarme.

—¿Por quién?

—Por inteligencia artificial.

—Cacería de brujas. Un desastre total.

—¿Podemos vernos? Tú y tu encantadora prometida. Llevaré a Ivana… perdón, Melania. Necesito tanto tu experiencia política como tu comida.

—*Sans problème*. Con mucho gusto.

—Tu restaurante, la próxima semana. Yo solo no puedo arreglarlo.

Colgó.

Jean-Pierre volvió a su cocina en Nueva York y se sumergió en la danza rítmica de picar, dorar y emplatar. El restaurante, su santuario, bullía de vida con el paso de las semanas. Cada día, el rico aroma del ajo y el romero flotaba en el aire, mezclándose con el suave zumbido de las conversaciones y el tintineo de las copas.

La cocina era su lugar. El suave resplandor de las velas sobre las mesas y las risas de los clientes satisfechos se convertían en la banda sonora de sus veladas. Pero por mucho éxito que tuviera el restaurante, había una sombra que persistía en su mente: la débil silueta de Sylvie.

Era una fría tarde de jueves cuando el pasado entró en su presente. Sonó el timbre y allí estaba ella. Sylvie, con el rostro pálido y demacrado, los ojos cargados de pesar. Jean-Pierre se detuvo, se limpió las manos en el delantal y salió de detrás del mostrador.

—Jean-Pierre —comenzó ella, con la voz temblorosa—. Cometí errores. Larry tenía músculos pero no cerebro; Muskcobar no sirve me hizo atravesar la selva del Darién, viajar en submarino y escapar de Haití a Santo Domingo, me dijo que quiere matarte y conseguir mujeres más jóvenes.

Las palabras flotaban en el aire como el vapor de una olla hirviendo.

—Eres el hombre para mí. Me he dado cuenta de que te amo —susurró, con ojos suplicantes.

La mirada de Jean-Pierre se desvió más allá de Sylvie hacia el otro extremo de la sala, donde Sandra estaba de pie junto a la entrada, saludando a los invitados. Su pelo oscuro brillaba bajo las suaves luces y su cálida sonrisa iluminaba la sala como los primeros rayos del alba.

Miró a Sylvie a los ojos y le dedicó una sonrisa tierna pero firme.

—Lo siento —dijo en voz baja, con su acento envolviendo cada palabra—. Sólo soy un perdedor francés para ti y un amante francés para ella. Estoy tramitando el divorcio, ¿recuerdas Sandra?

Miró a Sandra, cuya risa llenaba el espacio entre ellos como música.

—Ella es mi prometida latina.

www.ingramcontent.com/pod-product-compliance
Lightning Source LLC
Chambersburg PA
CBHW030633110726
47901CB00002B/424